Sagen aus Sarucho

Band II

von

Martin Krois

1. Auflage

www.valeno.at

Inhalt

Vorwort

Wie schon der erste Teil dieser Reihe enthält auch der zweite Band Sagen und Märchen aus der Welt Sarucho, in der eine ferne, verwunschene Vergangenheit noch lebendig zu sein scheint.

Dieses Buch lässt die Gefilde des verfallenen Orvolor und seines Nachfolgerstaates Styronna hinter sich, um die weiten Wiesen des Königreiches Erbarior und vor allem seines nördlichen Fürstentums, des von düsteren Wäldern bedeckten Theladien, zu erkunden.

Gnomen, Drachen, Ungeheuer und Geister - gute wie böse - bewohnen diese Orte, aber auch ganz gewöhnliche Menschen, die in Geschichten hineingezogen werden, die ihr tiefstes Innerstes zutage fördern und ihnen alles abverlangen.

Es sind Geschichten von verzauberten Gegenständen und wundersamen Orten, von unerwarteten Freundschaften und Heldenmut, aber auch von bitterem Verrat und Torheit.

Der Met der Gnomen

Vor langer Zeit wanderten viele Menschen heimatlos durch jene Gefilde, die dereinst Erbarior heißen würden. Nicht länger als ein halbes Jahrhundert war es her, dass ein gewaltiger Brand die dunklen Wälder südlich des Flusses Amnua in Flammen aufgehen hatte lassen. Weite, saftige Wiesen waren der Asche der alten Welt entsprungen, auf denen ungestört das Wild graste.

Es begab sich nun, dass eine kleine Gruppe von Menschen aus dem Westen in jenes Land gelangte. Freunde und Verwandte waren sie, die ihre Heimat verlassen hatten, um anderswo ihr Glück zu finden. Mit wenig mehr als ihrer Kleidung am Leib und einigen Nutztieren im Schlepptau wanderten sie die Singenden Hügel entlang nach Süden.

Lange Wochen waren sie schon unterwegs gewesen, als sie eines Abends an den Saum eines großen Waldes gelangten. Ein mächtiger Zauberbann hatte diesen vor dem Jahrhundertfeuer bewahrt, sodass er sich einer Insel gleich aus dem grünen Grasland erhob.

Ganz und gar wundersam erschien den Reisenden dieser Anblick, denn sie hatten nur wenige vereinzelte Bäume zu Gesicht bekommen, seit sie ihre Heimat verlassen hatten. Da nun die Sonne bereits tief über den Hügeln im Westen stand, beschlossen sie ihr Lager am Saum des Waldes aufzuschlagen.

Unweit des Lagerplatzes durchfloss ein lieblicher Bach das Unterholz. Dorthin begab sich Grenwild, die junge Anführerin der Reisegesellschaft, um ihren Durst zu stillen. Dort fand sie eine seltsame Flasche, die sich - von der Strömung mitgerissen - in den

Wurzeln eines Baumes verfangen hatte. Aus feinstem Glas geschliffen, wie nur die Almári es zu fertigen vermochten, glänzte das Gefäß im Licht der untergehenden Sonne, während in seinem Inneren eine goldene Flüssigkeit hin und her schwappte.

Verwundert nahm Grenwild die Flasche an sich und zeigte sie ihren Freunden und Verwandten, doch keiner - auch nicht die älteren und weiseren - konnten sich einen Reim darauf machen. Während manch einer zu wissen glaubte, die Flasche enthielte einen mächtigen Zaubertrank, sprachen andere von Giften und Flüchen.

Hin- und hergerissen zwischen Neugier und Vorsicht, obsiegte schließlich erstere. Als Grenwild die Flasche entkorkte, fielen einige Tropfen der goldenen Flüssigkeit aus deren Inneren auf die Wurzeln der alten, verdorrten Eiche, unter der sie ihr Lager aufgeschlagen hatte.

Da geschah vor den Augen der versammelten Menschen ein Wunder: Plötzlich trug der Baum Knospen, die sich sogleich zu Blüten und Blättern öffneten. Schon hingen überall Eicheln, während die knorrige Rinde des Stammes den Schimmer ihrer Jugend zurückgewann.

Kaum einen Lidschlag währte der Zauber. Wo eben noch eine alte, fast kahle Eiche ihre müden Äste beinahe bis zum Boden herabhängen hatte lassen, überdachte nun frisches Grün die Köpfe der Menschen.

Als Grenwild dies sah, glaubte sie, den sagenhaften Met der Ewigen Jugend gefunden zu haben, von dem die Überlieferung ihres Volkes zahlreiche Sagen zu erzählen wusste. Und sie gedachte ihres alten, gebrechlichen Vaters, dem die Mühen der langen Reise schwer zugesetzt hatten.

Ohne zu zögern, verabreichte sie ihm ein paar Tropfen aus dem Fläschchen und siehe da: Auch er gewann die Kraft seiner Jugend zurück. Sein graues Haar wurde wieder blond, seine müden Knochen strotzten nur so vor Kraft.

Viele verlangte es da nach dem wundersamen Trank. Grenwild jedoch sah, dass sie allzu wenig davon hatte. So ging sie sparsam damit um und gab nur jenen davon, die ihn auch tatsächlich benötigten.

Den Fund des Fläschchens nahmen die Menschen zum Anlass, sich an diesem Ort niederzulassen. Und so rodeten sie ein kleines Stück des Waldes und errichteten Häuser an dessen Rand. Manch einer verbrachte viel Zeit am nahen Bach, in der Hoffnung, dass auch er ein Fläschchen mit dem verzauberten Met finden würde. Doch sie suchten vergeblich.

Eines Tages kam dann ein seltsamer Mann in die kleine Siedlung, die von ihren Bewohnern mittlerweile Olemiere genannt wurde. Klein war er wie ein Kind, doch war seine Erscheinung die eines alten Mannes. Seine Kleidung war fremdartig, ebenso sein Gebaren. Dennoch nahmen die Dorfbewohner ihn freundlich auf, als er sie um Gastfreundschaft bat.

Grenwild selbst bewirtete ihn in ihrem Haus. Dort fiel der Blick des seltsamen Reisenden auf das gläserne Fläschchen mit dem Met, das auf einem Brett über dem Kamin stand.

»Woher habt Ihr dies, werte Gastgeberin?«, fragte er Grenwild mit glänzenden Augen.

Da Grenwild keinen Grund sah, ihn anzulügen, erzählte sie ihm von ihrem Fund. Als sie ihre Geschichte zu Ende geführt hatte, lachte der Mann.

»So war das also«, sagte er. »Ihr müsst wissen, dass diese Flasche mir gehörte. Durch einen unglücklichen Zufall kam sie mir abhanden, als ich meine Verwandten im Dorf am Oberlauf des Baches besuchte. Seit langem schon suche ich den Wald danach ab.«

Grenwild beäugte den Fremden misstrauisch, glaubte sie doch, er wäre ein Betrüger, der sie um ihren Schatz bringen wollte. Am Oberlauf des Baches gab es kein Dorf, wie sie von ihren Ausflügen in den Wald wusste.

»Ich sehe Euren Unglauben«, sagte der Fremde. »Doch sagt mir, wisst Ihr denn um die Wirkung dessen, was sich in der Flasche befindet?«

Grenwild nickte. »Deshalb will ich mich nur ungern von ihr trennen, zumal Ihr nicht beweisen könnt, dass sie Euch gehört.«

»Das kann ich in der Tat nicht«, erwiderte der Mann. »Doch glaubt mir, wenn ich Euch sage, dass das Geschenk dieses Mets trügerisch ist. Verlorene Jahre scheint er zurückzugeben, im Gegenzug zehrt er jedoch die, die noch verbleiben, allzu schnell auf.«

Da kamen Grenwild Bedenken. Der Mann aber sagte: »Nicht ohne Gegenleistung erbitte ich dies von Euch. Eine Gabe will ich Eurem Dorf schenken, die selten ist in dieser Welt. Frieden.«

Rätselhaft waren seine Worte, doch obsiegte Grenwilds Gewissen schließlich über ihre Entschlossenheit. So händigte sie dem Fremden nicht ohne Wehmut die Flasche aus. Der Mann dankte ihr und segnete sie, ehe er das Dorf verließ.

Sein Versprechen aber erfüllte er. Einer der zauberkundigen Gnomen, die in den Tiefen des Waldes lebten, sei er gewesen, munkelte man später. Und der Segen seines Volkes beschützte Olemiere von da an vor allen Übeln der Welt. Obgleich zahlreiche Kriege in den Wiesenlanden wüteten und oftmals Räuber die umliegenden Dörfer heimsuchten, blieb die Siedlung am Waldrand stets davon verschont, wie eine Insel der Seligen inmitten des stürmischen Meeres.

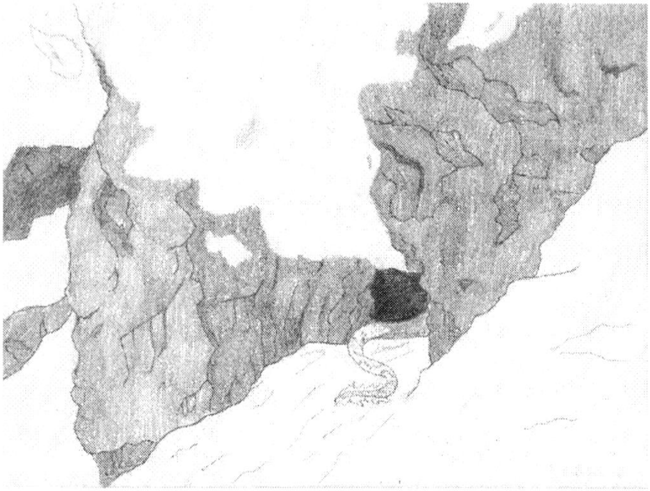

Der Heldentod

Auf einem Pass im westlichen Mondgebirge hauste einst ein großer Schrecken. Ein Drache war er, uralt, hinterlistig und bösartig. In lang vergangenen Zeiten mochte er dem Herrn der Finsternis gedient haben, doch war er nach dessen Fall niemandem mehr hörig und nur mehr Herr seiner eigenen Begierden. Sein wahrer Name war lang vergessen, die Bewohner der umliegenden Lande nannten ihn Althorn, den Heldentod, hatten doch viele tapfere Krieger im Kampf gegen ihn ihr Ende gefunden.

Jahrhundertelang suchte Althorn die Lande östlich des Gebirges heim, die Althaim genannt wurden. Menschen gleichermaßen wie deren Vieh jagte und verschlang er. Ganze Dörfer fielen unter seinen Flammen, während er sich vielerlei Reichtümer bemächtigte. Und doch waren die Lande am Fuße des Gebirges so fruchtbar, dass ihre Bewohner sie nicht aufgeben mochten. So lebten sie in ständiger Furcht unter der Schreckensherrschaft des Drachen.

Nun kam es, dass Elvero, der König von Erbarior, sich nach Westen aufmachte, um Althaim für sich zu beanspruchen. Jahrelang hatten unbedeutende Könige und Fürsten das Land mit Krieg überzogen, sodass manch einer den Eroberer aus dem Osten als Friedensbringer begrüßte. Doch dies tat den Kämpfen zunächst keinen Abbruch.

Eines Tages lagerte der König mit seinen Truppen im Schatten der östlichen Ausläufer des Mondgebirges. Dort erzählten ihm umherziehende Hirten von dem Schrecken, der auf der Passhöhe im Westen sein

Unwesen trieb. Wenig nur wusste Elvero von den Drachen und er fürchtete sie nicht. Vielmehr sah er in Althorn eine unerwartete Gelegenheit, sich die Achtung der Einheimischen zu erwerben. Wenn es ihm gelang, das Volk von seinem Peiniger zu befreien, so dachte er, würde es sich ihm womöglich ohne weiteres Blutvergießen unterwerfen.

Als Abkömmling sowohl des erbarischen Königshauses als auch der mit ewiger Jugend und Zauberkunst gesegneten Almári war der König ein überaus stolzer und selbstbewusster Mann, zugleich aber allzu überheblich. So stieg er in seinem Übermut eines Morgens mit Schwert, Speer und Xerónos' Schild bewaffnet, begleitet von nur zwei Vertrauten, zum Pass hinauf. Dort stellte er sich auf einen Felsen und forderte Althorn mit großen Worten zum Kampf heraus.

Sogleich stieß der Drache auf ihn und seine Gefährten herab. Schon beim Anblick des gewaltigen Geschöpfes erkannte der König, dass er einen Fehler begangen hatte, doch aus Hochmut wich er nicht zurück. Das Feuer des Drachen prallte am Schild seiner Vorväter ab und aus der Deckung hieb er nach dem Ungeheuer.

Doch Althorn schnaubte nur belustigt. Weder die Waffen des Königs noch dessen Zauberbanne vermochten seinen Schuppenpanzer zu durchdringen. Mit einem Hieb seiner Krallen streckte er einen von Elveros Gefährten nieder.

Schon sah der König sein Ende gekommen, als er beim Versuch, seinen Mitstreiter zu retten, den Schild verlor. Dennoch wich er nicht zurück. Und so verschlang Althorn den mächtigen König von Erbarior wie so viele tapfere Männer und Frauen zuvor. Zum

Hohn ließ er dessen anderen Gefährten laufen, auf dass dieser die Kunde vom Tod des Königs verbreite.

Wohl fiel ganz Althaim durch die Bemühung der Kinder von Elveros Großnichte an Erbarior, doch wagte sich über Jahrhunderte niemand auf Althorns Pass hinauf und auch das Umland wurde weiterhin gemieden. Schwer kränkte die Könige Erbariors nicht nur der Verlust Elveros, sondern auch der Verlust des Schildes ihres Ahnherrn, der stets ein Zeichen ihrer Macht gewesen war, und nun unerreichbar am Grunde eines Drachenhortes lag.

Mehr als vierhundert Jahre später herrschte Reomis als Königin über Erbarior. Ihr ältester Sohn, der den Namen Reveran trug, verbrachte einen Großteil seiner Jugend in Althaim, am Sitz der Familie seines Vaters. Dort hörte er immer wieder vom Tod Elveros und der Schmach, die Erbarior an diesem Tag erlitten hatte.

Althorn lebte immer noch auf dem Pass und der junge Prinz konnte nicht verstehen, weshalb seine Mutter dies zuließ. Als er sie eines Tages danach fragte, antwortete sie nur, dass der Drache zu gefährlich sei, als dass irgendein Mensch - und sei es ein König - seiner Herr werden würde.

Damit gab Reveran sich freilich nicht zufrieden. Wieder und wieder wanderte er in Gedanken zu dem Pass und zu dem Ungeheuer, das dort verborgen lag. Eines Tages, als er kaum mehr als zweiundzwanzig Jahre alt war, zog er dann tatsächlich heimlich aus, mit der Absicht den Drachen zu töten.

Anders als sein Ahne unterschätzte Reveran seinen Feind jedoch nicht. So forderte er den Drachen nicht offen heraus, sondern beobachtete dessen Höhle stattdessen aus der Ferne. Groß war seine Furcht, als er das Untier zum ersten Mal in all seiner Pracht in den Himmel aufsteigen sah. Fast versagte ihm da der Mut, aber dennoch hielt der Prinz an seinem Vorhaben fest.

Er machte sich mit der Umgebung vertraut und wann immer der Drache nicht zuhause war, stahl er sich in dessen Höhle. Wohl nahm Althorn bald die Witterung des Eindringlings auf, doch dachte er sich nichts dabei. Allzu viele Helden hatte er bereits getötet und so war auch er dem Hochmut verfallen.

Während der Drache die Gefahr nicht erkannte, hob Reveran in einer Felsspalte eine Fallgrube aus, die er mit spitzen Felsen spickte. Zudem nahm er sich auch den Eingang der Höhle vor.

An einem verregneten Tag setzte der Prinz dann sein Vorhaben in die Tat um. Über der Höhle lauernd lockte er seinen Feind hervor. Felsen regneten auf den Drachen herab und zertrümmerten seine Flügel.

Althorn brüllte vor Schmerz, mehr noch vor Wut. Obgleich seiner Schwingen beraubt, war er immer noch ein gewaltiges mit Zähnen und Klauen bewehrtes Untier. Die Pfeile, die Reveran aus dem Hinterhalt auf ihn abschoss, prallten nutzlos von seiner Haut ab.

Daraufhin entfesselte Althorn seinen feurigen Atem gegen den lästigen Störenfried, doch siehe da: Der Regen war zu stark, als dass die Flammen allzu viel Schaden anzurichten vermocht hätten. So setzte der Drache dem Menschen schäumend vor Wut nach und ging diesem in die Falle. Hals über Kopf stürzte er in die vorbereitete Grube. Spitze Felsen bohrten sich tief in seinen Bauch. Doch auch damit war der Drache nicht besiegt.

Nun aber ergriff der Prinz seine Lanze und trieb sie mit aller Kraft in den Gaumen seines verwundeten Feindes. So starb der Heldentod, durch List und Tücke bezwungen, von der Hand Reverans, der sich fortan Marantor nannte - »Drachenfürst« in der Sprache der Gelehrten.

Von dem Schatz, den Althorn über die Jahrhunderte angesammelt hatte, nahm Marantor einzig den Schild Xerónos'. Alles andere aber verteilte er an die Bewohner Althaims. Der Drache war tot, doch der Pass, auf dem er einst gehaust hatte, trug auch lange Zeit später noch seinen Namen.

Die Singenden Hügel

Südwestlich von Solmanad, der Hauptstadt des noch jungen Königreiches Erbarior, lag ein weites Hügelland voll tiefer, verschlungener Täler. Seit jeher erfüllten vielerlei bunte Vögel die bewaldeten Hänge mit ihrem lieblichen Gesang, den man bei günstigem Wind sogar von den Mauern der Stadt aus hören konnte.

Ein Wassergeist aus dem Velemraia, dem großen See bei Auvagan, wachte über die Vögel der Singenden Hügel. Ein bezauberndes Wesen in der Gestalt einer Jungfrau war dies, das sich fernab seiner Schwestern in einem Teich inmitten der Hügel niedergelassen hatte. Nicht kümmerten sie die Tiefen des Sees und die rauschenden Fluten der Flüsse, wenn sie dem Gesang der Vögel lauschte.

Schon als Erbarior noch jung war, hatten sich Menschen am Rand der Singenden Hügel niedergelassen. Wenig nur hielt die Wasserfrau von diesen Wesen, die - wohin auch immer sie kamen - die Welt ihrem Willen unterwarfen und alles, was schön war, zu vernichten schienen.

So trachtete sie alsbald danach, die Störenfriede zu vertreiben, ehe sie in den lieblichen Tälern Fuß fassen konnten. Doch diese Menschen waren ebenso furchtlos wie stur und beharrlich. Wenngleich sie die Macht der Wasserfrau fürchteten, wichen sie nicht. Ja, schließlich suchten sie sogar den Frieden mit ihr.

Es war Xeraya, die Tochter des großen Gründers Xerónos, die der Bitte ihrer Untertanen folgend kam, um mit der Wasserfrau zu verhandeln. Sie brachte Geschenke mit sich und auf ihren Rat hin stimmten einige der Menschen sogar ein Lied an.

Dies gefiel der Wasserfrau sehr, erkannte sie doch, dass die Stimmen der Menschen ebenso wohlklingend waren wie die der Vögel, über die sie wachte.

»Dein Volk mag bleiben«, sagte sie zu Xeraya. »Und sich in den Hügeln niederlassen, wo immer es will. Gemeinsam mit meinen Vögeln mag es singen. Eines jedoch sollst du nie vergessen: Sie waren es, die zuerst hier sangen. Kein Leid darf ihnen durch die Hand der deinen widerfahren oder dieser Ort soll für immer dahin sein.«

»So sei es«, sagte Xeraya. »Ihr habt mein Wort als Königin. Dies Wort soll allen, die unter mir und meinen Nachkommen leben mögen, Gesetz sein, bis die Tote Flut das Land verdirbt.«

So geschah es also, dass die Menschen von Erbarior sich in den Singenden Hügeln niederließen. Und sie achteten das Wort ihrer Königin viele Jahrhunderte lang. Sie sangen mit den Vögeln und krümmten ihnen keine Feder. Selbst die Könige aus Solmanad wanderten hin und wieder durch die Hügel, um dem nie enden wollenden Lied zu lauschen.

Jahr um Jahr, Tag um Tag herrschte Frieden in den Singenden Hügeln. Manch Unheil befiel die umliegenden Lande, doch wagte es niemand, Hand an die gefiederten Bewohner des Hügellandes zu legen.

Die Könige in Solmanad wurden immer mächtiger und sonnten sich im Glanz ihrer eigenen Herrlichkeit, gab es doch niemanden, der ihnen Einhalt geboten hätte. Manch einer setzte sich über die Gesetze hinweg, die er selbst erlassen hatte. So kam es, dass Xerayas Versprechen in Vergessenheit geriet.

Nun begab es sich, dass Reruan der Dritte, der jüngste Sohn aus Xerónos' Geschlecht, König von

Erbarior wurde. Das Waidwerk war seine Leidenschaft und oft schon hatte er sich gefragt, weshalb niemand aus seinem Hofstaat jemals in den Singenden Hügeln auf die Jagd ging. Dort - so wusste er von Ausflügen aus seiner Kindheit - gab es überaus reiche Beute zu holen.

Aus diesem Grund machte er sich alsbald mit seinen Jagdgesellen auf den Weg. Tatsächlich war ihm das Glück hold und er erlegte an diesem Tag fast zwei Dutzend Vögel. Keine Heldentat war dies, denn es waren zutrauliche Geschöpfe gewesen, die sich über die Jahrhunderte an ein friedliches Miteinander mit ihren menschlichen Nachbarn gewöhnt hatten.

Als Reruan nun in ein nahes Dorf gelangte und dort mit seiner Beute prahlte, keuchten die Einheimischen vor Entsetzen. Sie hatten Xerayas Versprechen und die Worte der Wasserfrau nicht vergessen. Wohl erzählten sie dem König davon, doch dieser verlachte sie.

Noch in dieser Nacht suchte die Wasserfrau Reruan in seinem Feldlager auf. Wohl erkannte dieser, dass er es mit keiner Sterblichen zu tun hatte, doch in seinem Hochmut kümmerte ihn dies wenig. Nun klagte die Hüterin der Vögel über das gebrochene Versprechen, doch sah sie wohl ein, dass dies aus Unwissenheit geschehen war.

»So dich deine Taten reuen, soll dir Vergebung zuteilwerden«, sprach sie versöhnlich zu Reruan.

Dieser jedoch sah sich in seiner Würde gekränkt. »Ich bin der König«, sagte er. »Dies ist mein Land. Ich tu, wie mir beliebt und nehme, wonach mir gelüstet. Alles, was in diesen Hügeln lebt, ist mein Eigentum. Wenn dir das nicht gefällt, dann zieh von dannen.«

»So sei es«, sagte die Wasserfrau verbittert. »Keine lange Freude sollst du mehr an diesem deinen Land und den Dingen darin haben.«

So verschwand sie aus den Singenden Hügeln. All die Vögel nahm sie mit sich, sodass kein Lied den neuen Morgen begrüßte. Wohin sie zog, ist ungewiss. Ihre Weissagung ging jedoch in Erfüllung, denn noch im selben Jahr fand Reruan den Tod, als er in den Wäldern Theladiens einem wilden Keiler nachstellte.

Der Gesang kehrte niemals in die Singenden Hügel zurück. Eine Stille herrschte über den Wäldern und Tälern und drang in die Gemüter der Menschen ein. Bald schon gaben sie ihre Dörfer auf, um sich anderswo niederzulassen. Nur Wölfe und Wild lebten fortan in dem gespenstischen Land, das alsbald nur mehr die Stillen Hügel genannt wurde.

Der König des Weines

König Melmacar von Erbarior war ein weiser und gerechter Mann. Während sein Vater und sein Großvater die Aurokanisa bis aufs Blut bekämpft hatten, hielt er Frieden mit dem Volk aus dem Norden, wie auch mit allen anderen Völkern, die in seinem Reich und darum herum lebten. Trotz des Verlustes von Althaim, das nun Lau-Onn hieß, erblühte Erbarior unter Melmacar.

Der König hatte nur ein einziges Kind, denn seine Gattin war früh gestorben und er weigerte sich zeit seines Lebens erneut zu heiraten. Melmagon war der Name des kleinen Prinzen und da er ohne Mutter aufwachsen musste, sorgte sein Vater dafür, dass es ihm sonst an nichts fehlte.

Allzu sehr verhätschelte der König seinen Sohn, sodass dieser niemals Bescheidenheit lernte. Was immer Melmagon wollte, bekam er, doch wollte er immer mehr und mehr. Das behütete Leben im Palast langweilte ihn, ebenso das Erlernen all jener Dinge, die von einem zukünftigen König erwartet wurden.

So schlich der Prinz sich oft durch Geheimgänge davon, um den strengen Blicken seiner Lehrer zu entkommen, und trieb sich stattdessen in den Straßen der Hauptstadt herum, wo er viele Freundschaften mit dem gemeinen Volk schloss. Schon mit vierzehn Jahren war er in den Schenken und Wirtshäusern von Xerdon wohlbekannt und, wo auch immer er auftauchte, freuten sich die Wirte, denn er war stets freigiebig mit dem königlichen Vermögen.

Früh schon zeigte sich Melmagons Liebe zu körperlichen Genüssen. Nicht nur, dass er ein gutes Mahl wohl zu schätzen wusste, er entdeckte auch bald seine Leidenschaft für Wein und Weib. Die Frauen liebten ihren Prinzen, denn er war nicht nur ein äußerst reicher und mächtiger junger Mann, sondern sah auch noch ziemlich gut aus. So war es wenig verwunderlich, dass Melmagon schon mit achtzehn Jahren Vater eines halben Dutzends unehelicher Kinder war.

Melmacar hielt wenig von den Ausschweifungen seines Sohnes, dennoch rief er diesen nicht zur Ordnung. Die Milde seinem eigenen Fleisch und Blut gegenüber war die größte Schwäche des ansonsten weisen Königs. Jedes seiner Enkelkinder empfing er freudig an seinem Hof, ebenso deren Mütter, ganz gleich, welchen Standes sie waren. Währenddessen gab er es nicht auf, Melmagon ins Gewissen zu reden.

Wenig hielt dieser freilich davon, sein wenig königliches Gebaren abzulegen. Kaum ein Tag verging, an dem man ihn nicht betrunken durch die Straßen wandern sah, während die königliche Leibwache alle Hände voll zu tun hatte, ihn von allen möglichen Gefahren fernzuhalten. Den König des Weines nannte man ihn alsbald und hinter vorgehaltener Hand lachte wohl manch einer über ihn.

Melmacar lachte nicht, sah er doch den Tag näher rücken, an dem er die Krone an seinen Sohn weiterreichen würde. Wohl graute ihn davor, doch war es in Erbarior Brauch, dass ein König im dreißigsten Jahr nach seiner Krönung seine Pflichten niederlegte. Schon war das neunundzwanzigste Jahr von Melmacars Herrschaft angebrochen.

So trat der König an seinen alten Statthalter Thirnon heran.

»Eine Heirat ließ schon so manchen Trunkenbold sesshaft werden«, riet ihm dieser. Der Statthalter selbst hatte in seiner Jugend einen zweifelhaften Ruf genossen. Erst die Ehe mit seiner Gattin hatte ihn zu dem klugen Mann werden lassen, der den Jahrzehnte andauernden Krieg mit den Aurokanisa beendet hatte.

So machte Melmacar sich also auf die Suche nach einer strengen Frau, die seinen Sohn zurück auf den rechten Weg bringen sollte. Freilich war Melmagon wenig angetan von den Absichten seines Vaters. Er wollte sich nicht binden - schon gar nicht an ein Mädchen, das sein Vater für ihn ausgesucht hatte.

Es war Winike, die Tochter eines verarmten Grafen aus Ertanien, die schließlich doch Melmagons Gunst erwarb. Klug war sie und ehrgeizig, wollte sie doch um jeden Preis in der Gesellschaft des Reiches aufsteigen. So ließ sie sich sogar dazu herab, den Prinzen in den Wirtshäusern und Schenken aufzusuchen, in denen er sich für gewöhnlich herumtrieb. Dort schlug sie ihn mit ihrer Klugheit, ihrem Witz, aber auch ihren Reizen in ihren Bann und schließlich willigte Melmagon ein, Winike zu heiraten. Ihr zuliebe entsagte er sogar seinen berüchtigten Ausschweifungen.

So kam also Melmacars dreißigstes Jahr auf dem Thron und er dankte zugunsten seines Sohnes ab. Melmagon wurde in aller Herrlichkeit zum König gekrönt und das Volk von Erbarior blickte einer großartigen Zukunft entgegen.

Doch die scheinbare Läuterung des jungen Melmagon währte nicht lange. Alsbald erschienen ihm die Fesseln der Ehe allzu eng, insbesondere da er nun der mächtigste Mann im Reich war. In allen Bereichen beriet Winike ihn und sorgte dafür, dass er seinen Verantwortungen nachkam. Die Mühsal des

Herrschens langweilte Melmagon. Da seine Gattin ihm verbot, die Zeit in Wirtshäusern totzuschlagen, lud er sich immer wieder bei den mächtigsten und wohlhabendsten Fürsten und Grafen des Reiches ein. Unter dem Deckmantel dieser Freundschaftsbesuche verirrte er sich in so manchen Weinkeller, sodass er seinem Ruf als König des Weines auch weiterhin gerecht wurde.

Schließlich verbot seine strenge Gattin ihm auch dies. Zudem verbannte sie Wein und Bier aus dem Palast und wies die Diener an, dem König nur noch Wasser zu bringen. Melmagon zürnte vor Wut, doch wagte er es nicht, seiner strengen Gattin zu trotzen.

Die unerwünschte Nüchternheit machte ihn jedoch einfallsreich. Zahlreiche Geheimgänge führten aus dem Palast, die Winike nicht kannte. Einer davon endete in den Keller eines Hauses, das Melmagon aufkaufte und zum Wirtshaus umbauen ließ. Um seine wahren Absichten zu verschleiern, machte er dieses mitsamt eines wohl befüllten Weinkellers dem Volk zum Geschenk.

Oftmals stahl der König sich nun des Nachts durch den Geheimgang, um sich heimlich im Keller zu betrinken. Wohl roch seine Gattin den Wein, doch kam sie nicht hinter das Geheimnis des Gasthauses.

Zwei Jahre lang herrschte Melmagon der Taumelnde über Erbarior, ehe er eines Nachts im Rausch von der Palastmauer fiel und ein unrühmliches Ende fand. Das Gasthaus aber überdauerte den König des Weines und lockte auch Jahrhunderte später noch allerlei trinkfreudige Gesellen in seine Stube.

Die Geburt des Blutschattens

Vor langer Zeit beherrschten undurchdringliche, düstere Wälder das Land Theladien im Schatten des Höllengebirges. Gefährliche Ungeheuer aus den Bergen durchstreiften die Wildnis. Die wenigen Siedlungen der Menschen waren meilenweit voneinander entfernt und nur durch kaum erkennbare, verschlungene Pfade miteinander verbunden. Niemand herrschte über dieses wilde Land und so hatten sich vielerlei Ausgestoßene und Verbrecher dort niedergelassen.

In diesem wilden Land lebten zwei Brüder. Einfache Fallensteller waren sie und sie ernährten sich von dem, was der Wald ihnen gab. Da es sie weder nach Reichtum noch nach großen Taten gelüstete, blieben sie für gewöhnlich unter sich, wie die meisten Bewohner Theladiens.

Einmal im Jahr reisten die beiden Brüder in das Dorf Salwarth am Fluss Amnua. Dort tauschten sie das, was der Wald ihnen gegeben hatte, auf einem großen Markt gegen Dinge ein, die ihnen nützlich waren. Auch Neuigkeiten aus der Welt brachten sie dort in Erfahrung, wenngleich sie sich nichts daraus machten.

Eines schönen Sommertages, als sich die beiden Brüder nach einem Besuch in Salwarth auf den Rückweg nach Hause machten, gerieten sie in ein mächtiges Unwetter. Der Wind entwurzelte Bäume, die Jahrhunderte lang dem Wetter getrotzt hatten, der Regen schwemmte ganze Hügel davon und verwandelte Rinnsale in reißende Flüsse. Die Brüder suchten Schutz in einer Höhle, wo sie drei Tage lang ausharrten.

Als das Unwetter sich dann schließlich doch gelegt hatte, konnten die beiden Brüder ihren Weg endlich fortsetzen. In ihrer Freude achteten sie jedoch nicht allzu sehr auf den gewohnten Pfad und so bemerkten sie nicht, dass der Regen diesen gefährlich rutschig gemacht hatte.

So kam es, dass Norulf, der ältere der beiden, den Halt verlor und mit einem lauten Aufschrei einen steilen Hang hinab in eine Grube stürzte. Dornengestrüpp bremste seinen Fall, sodass er abgesehen von einigen Kratzern mit dem Schrecken davonkam. Sogleich versuchte er, zurück zu seinem jüngeren Bruder Ladrich zu klettern, der vom Rand der Grube aus entsetzt zu ihm hinabblickte.

Der Hang war nicht allzu hoch, doch war die Erde vom Regen so aufgeweicht, dass Norulf nirgendwo Halt fand. Auch Ladrich sah von oben keine Möglichkeit, seinem Bruder zu helfen. »Zwar reut es mich, dich allein zu lassen«, sagte er. »Doch werde ich nach Salwarth gehen und Hilfe oder zumindest ein Seil für dich holen…«

Norulf stimmte diesem Vorschlag zu. So trennten sich die beiden also, doch versprach Ladrich seinem Bruder, so bald wie möglich zurückzukehren. Während sich nun der eine Mann auf die Suche nach Hilfe machte, besah sich der andere die Grube, in die er gefallen war. Jenseits des Dornengestrüppes fand er eine kleine Quelle, in der winzige Fische hausten. Auch einen verlassenen Fuchsbau entdeckte er, doch keinen Weg aus der Grube.

So vertrieb Norulf sich die Zeit mit leisem Gesang oder indem er Bilder in den Schlamm malte. Die Sonne wanderte langsam gen Westen und schon brach die Nacht herein. Norulf wurde kalt, denn Feuer konnte er an diesem Ort keines entfachen. Auch Schlaf fand er nicht, begannen doch mit dem Aufgang des Mondes Wölfe in der Ferne zu heulen.

Der nächste Tag dämmerte heran und zog auf dieselbe Weise vorüber - ebenso der darauffolgende. In jedem Augenblick hoffte der Mann in der Grube die Stimme seines Bruders zu hören, in jedem Augenblick, da er sie nicht hörte, sann er darüber nach, wie weit der Weg ins Dorf und zurück war.

Je länger er wartete, desto düsterer wurde sein Gemüt. Eine Woche verging und langsam begann Norulf an seinem Bruder zu zweifeln. Die Nahrung wurde knapp und am Himmel kündigte sich ein weiterer Sturm an. Schon fielen die ersten Regentropfen, als auch das Licht des Tages versiegte.

Wieder heulten die Wölfe. Schon sah Norulf schattenhafte Gestalten mit glühenden Augen am Rand der Grube umherschweifen. In seiner tiefen Verzweiflung begann er zu weinen, zugleich flehte er die Götter um Beistand an. Dann verfluchte er sie, aber auch seinen Bruder, der ihn im Stich gelassen hatte.

Schon versagte ihm die Stimme, da jaulten die Wölfe auf und ergriffen die Flucht. In Erwartung seinen Bruder zu sehen, blickte Norulf auf. Wer da stand, war eine unheimliche Gestalt, in einen langen, pechschwarzen Mantel gehüllt. Ihre Augen glänzten wie Eis, ihr Gesicht war fahl wie der Mond. Eisige Schauer jagten Norulf über den Rücken.

Und doch erhob er die Stimme. »Helft mir…«, bat er den Fremden.

»Dir helfen soll ich?«, entgegnete dieser mit tiefer, zischender Stimme. »Aus welchem Grund sollte ich das tun? Was könnte ein so jämmerliches Geschöpf wie du mir schon geben?«

»Bitte... Ich werde Euch geben, was Ihr verlangt«, krächzte der in der Grube gefangene Mann.

Daraufhin lachte der Fremde kalt. »So soll es sein«, flüsterte er. Dann ließ er ein altes, rostiges Schwert in die Grube fallen. »Nach sieben Jahren sollst du mir ein Leben mit diesem Schwert geben. Ob deines oder ein anderes ist mir einerlei. Am Stein von Kuldar sollst du deinen Schwur erfüllen.«

»Das werde ich«, versprach Norulf, indem er das Schwert ergriff. Zugleich spürte er, wie er auf wundersame Weise aus der Grube gehoben wurde. Als er sich aber nach dem Fremden umsah, war dieser nirgendwo zu sehen.

Daraufhin kehrte Norulf nach Hause zurück. Nach vielen Tagen der Einsamkeit fand Ladrich ihn dort. Das Wiedersehen war kein glückliches. Wohl war Ladrich am nächsten Morgen zu der verhängnisvollen Grube gekommen, um die versprochene Hilfe zu bringen, doch hatte er sie leer vorgefunden. Wieder und wieder bat er seinen Bruder um Verzeihung, während dieser sich in düsteres Schweigen hüllte.

Und doch blieben die beiden Brüder beieinander. Mit den Jahren begannen Norulf dann Albträume zu plagen. Immer wieder sah er den Fremden, der ihn gerettet hatte, und das Schwert vor sich. Und er sah den Stein von Kuldar - einen verfluchten, schwarzen Felsen in den Tiefen der Wälder. Er wusste, dass der Tag nicht mehr fern war, da er seinen Schwur erfüllen würde müssen.

Zweifel überkamen ihn. Hatte er zunächst vorgehabt, das Leben, das ihm geschenkt worden war, zu opfern, dachte er nun immer wieder wütend daran, wie sein Bruder ihn vermeintlich im Stich gelassen hatte. So fasste er dann einen grässlichen Beschluss.

Unter einem Vorwand überredete er Ladrich zu einer Reise in die Wildnis. Immer noch zauderte er, doch je näher er seinem Schicksal kam, desto mehr hing er an seinem Leben.

Als die beiden Männer nun also den Stein von Kuldar erreichten, wartete der Fremde dort bereits auf sie. Unter dessen kalten Augen zog Norulf sein Schwert und streckte seinen jüngeren Bruder hinterrücks nieder. Dessen Blut benetzte den schwarzen Fels und als er starb, standen ihm Entsetzen und Verwunderung ins Gesicht geschrieben.

Norulf aber kehrte nach dieser Untat nicht nach Hause zurück. Vielmehr verfiel er dem Wahnsinn und streifte durch die Wildnis, um dem Schattenwesen, das ihn einst gerettet hatte, das Blut achtloser Reisender zu opfern, die sich im Wald verirrt hatten.

Die Söhne der Gruft

In Amrian lebte einst ein Schuster mit sieben Söhnen. Lange schon war seine Gattin tot und so lebte er allein mit seinen Kindern in einer Stadt, die nach dem Heiligen Krieg von den Aurokanisa besetzt worden war. Seit Jahrzehnten schon herrschte das Haus Yarage über Amrian und die umliegenden Ländereien. Während sich das Herrscherhaus immer mehr bereicherte, lebte das unterdrückte Volk in Armut.

Nun begab es sich, dass der Schuster aufgrund seiner Kunstfertigkeit auch bei den Besatzern hoch angesehen war und allen Widrigkeiten zum Trotz für seine Söhne sorgen konnte. Doch war dieses Glück nicht von Dauer. Denn eines Tages verärgerte er unabsichtlich Kaguri-Yarage, das Oberhaupt des Herrscherhauses. Über Nacht verlor er all sein Hab und Gut und sein Ruf war unwiederbringlich dahin.

Groß war seine Verzweiflung und er erkannte schnell, dass er seine Söhne nicht mehr ernähren konnte. So führte er sie in die Schattenberge hinauf, um sie in der Wildnis auszusetzen und der Gnade der Ungeheuer zu überlassen, die in den finsteren Klüften hausten. Er selbst kehrte nach Amrian zurück, doch konnte er mit seiner Schuld nicht leben und so stürzte er sich von der Stadtmauer in den Tod.

Am nächsten Morgen erst erkannten die sieben Söhne, dass sie allein gelassen worden waren. Furchtbare Angst machte sich unter ihnen breit. Wohl versuchte der Älteste, ein achtzehnjähriger Bursche namens Waltan, die anderen zu beruhigen. Er übernahm die Führung und versuchte, einen Weg zurück nach Amrian zu finden. Stattdessen führte er seine Brüder jedoch noch tiefer in die Berge hinein. Wohl war er sich der Schattenspringer bewusst, die mit hungrigen Blicken aus finsteren Felsspalten jeden ihrer Schritte verfolgten.

Schon versank die Sonne hinter den schroffen Gipfeln im Westen, als die sieben Brüder in ein schmales Tal hinabstiegen. Mit der hereinbrechenden Nacht trieben die Ungeheuer aus den Bergen sie dort in die Enge. So bewaffneten sich die älteren Brüder mit Steinen und Ästen, um sich schützend vor ihre jüngeren Geschwister zu stellen.

Da bemerkte der jüngste, ein Bub von gerade einmal fünf Jahren, eine pechschwarze Spalte in der Felswand hinter sich. Gefangen zwischen den Schattenspringern, die knurrend das Tal herabschlichen, und der Seite des Berges, bot dieser den einzigen Ausweg. In der Hoffnung, dass nicht auch dort ein Ungeheuer hausen mochte, führte Waltan seine Geschwister also in die Finsternis des Berges hinein.

Was die Brüder auf der anderen Seite der Felsspalte fanden, war jedoch keine gewöhnliche Höhle, sondern ein aus dem Stein gemeißelter Saal mit einer Doppelreihe dicker Säulen und einem steinernen Sarg in der Mitte. Es war eine der uralten Grüfte, wie sie in den Schattenbergen häufig zu finden waren.

Mit zweien seiner Geschwister gelang es Waltan, den Eingang der Gruft mit einem Felsen zu verschließen. Kalt war es in dem Grabmal und finster, dennoch vermittelte der Ort den Ausgestoßenen eine seltsame Art von Geborgenheit. Dort verbrachten sie die Nacht, während im Tal die Schattenspringer wehmütig ihrer Beute hinterherheulten.

Mit dem Morgen kam dann der Hunger, denn längst hatten die Brüder alles aufgezehrt, was sie an Verpflegung bei sich gehabt hatten. Nachdem sie die Gruft im Licht des Tages durchstöbert hatten, hatten sie alte, rostige Waffen gefunden. Mit diesen bewaffneten sich die drei ältesten. Während einer zurückblieb, um die jüngeren zu schützen, brach Waltan mit dem anderen auf, um nach Nahrung zu suchen.

Nun waren die Schattenberge sehr unwirtlich, umso mehr für jene, die ein Leben in der Stadt gewohnt waren. Stundenlang irrten die beiden Brüder erfolglos durch die Täler, bis sie auf einen Jäger stießen, der eine Bergziege erlegt hatte. Wohl wusste Waltan, dass die Bewohner der Berge düstere und hinterhältige Schurken waren, dennoch näherte er sich dem Mann und bat ihn freundlich um etwas zu essen. Dieser wies ihn jedoch unwirsch ab, verwünschte ihn und scheuchte ihn fort.

Voller Verzweiflung zog Waltan mit seinem Bruder von dannen. Weinend dachte er an seine Geschwister. Und so fasste er einen waghalsigen Beschluss. Heimlich schlich er zurück zum Lager des Jägers und stahl diesem seine Beute. Danach kehrte er so schnell wie möglich zur Gruft zurück, wo seine Brüder schon sehnsüchtig auf ihn warteten.

Doch allzu wenig wusste Waltan über das Leben in der Wildnis. Der bestohlene Jäger nämlich nahm seine Spur auf, die überdeutlich im Staub zu sehen war. Und er verfolgte den Dieb zurück bis zur Gruft. Am Rand des Tales wartete er auf den Einbruch der Nacht. Mit dem aufgehenden Mond schlich er sich in das Grabmal, wo die Brüder schliefen.

Doch der zweitälteste - ein junger Mann namens Herwin - bemerkte den Eindringling und es kam zum Kampf. Von den Geräuschen geweckt, sah Waltan nach dem Rechten und fand Herwin mit blutigem Gesicht zu Füßen des Jägers, den er bestohlen hatte.

»Lasst ab von ihm!«, bat Waltan den Jäger. »Meinen Bruder trifft keine Schuld. Ich habe euch bestohlen. Meine Brüder wären sonst verhungert…«

Der Jäger zückte jedoch sein Messer, um dem Burschen die Kehle durchzuschneiden, den er niedergeschlagen hatte. »Das Leben von euch lumpigen Streunern soll mir als Preis für die Ziege genügen, die ihr mir gestohlen habt«, knurrte er.

Angelockt von den Stimmen näherten sich die anderen Brüder. Der kleinste begann zu weinen, als er Herwin am Boden liegen sah.

»Bei den Göttern!«, stieß der Jäger angewidert aus. »Diese Gruft hat aber viele Söhne. Keine Sorge. Ich werde euch alle von eurem Leid erlösen.«

Da bemächtigte sich die Wut Waltans. Mit einem rostigen Schwert ging er auf den Jäger los. Doch war er kein Gegner für diesen. Schon lag auch er geschlagen am Boden, als sich seine jüngeren Geschwister auf den Jäger stürzten. Allein waren sie schwach, doch gemeinsam überwältigten sie den Mann. Als sie dann von ihm abließen, war er tot.

Groß war zunächst das Entsetzen der Brüder. Mit der Zeit wurde daraus Stolz. Sie hatten die Gefahr überstanden und waren immer noch am Leben. Die Wunden der Verletzten verheilten innerhalb der nächsten Wochen. Die Gruft wurde zu ihrem Zuhause und von dort aus zogen sie immer wieder in das Umland aus. Was sie zum Überleben brauchten, nahmen sie sich – notfalls auch mit Gewalt.

Dem Spruch des Jägers folgend nannten sie sich die Söhne der Gruft und schon bald waren sie in den

Schattenbergen zu einer gefürchteten Räuberbande geworden. Stießen sie aber auf Kinder, die in der Wildnis ausgesetzt worden waren, nahmen sie diese in ihre Reihen auf.

Einige Jahre später wurden die Söhne der Gruft als hartgesottene Söldnertruppe bekannt, die für den richtigen Preis nicht einmal vor den gefährlichsten Aufträgen zurückscheute.

Der Beschützer des Reiches

Es begab sich, dass das Königreich Erbarior im Krieg mit der Stadt Auvagan war. Helvetor, der König von Erbarior, hatte die Schwäche des Feindes ausgenutzt, um das Reich zurückzuerobern, das seine Mutter drei Jahrzehnte zuvor verloren hatte. Damit war er jedoch nicht zufrieden, weshalb er sich entschloss, Auvagan selbst anzugreifen.

So kam es also vor den Toren der Stadt zur Schlacht. Unzählige Male hatte Helvetor die feindlichen Truppen bereits geschlagen, doch nun kämpften diese umso verbissener, da es um den Schutz ihrer Heimat ging. Hunderte tapfere Krieger ließen auf beiden Seiten ihr Leben. So fiel dann auch der große König von Erbarior, als ihn ein Pfeil von den Mauern ins Herz traf.

Groß war da die Verwirrung im Heer Erbariors, hatte dieses doch nicht nur seinen Anführer, sondern auch einen großen Helden verloren. Diese Gelegenheit nutzte der Feind, um zum Gegenschlag auszuholen.

Nun war es an Helvetors Sohn Xeromot, die Führung der seinen zu übernehmen. Gerade einmal achtzehn Jahre alt handelte der Prinz besonnen und ordnete den Rückzug an. Längst hatte er begriffen, dass er die feindlichen Mauern nicht mit Gewalt erstürmen würde können.

So wichen die erbarischen Truppen also nach Westen zurück, während Xeromot selbst den nachsetzenden Feind daran hinderte, ihnen in den Rücken zu fallen. Unzählige Male stellte er sich mit der Nachhut zum Kampf und warf den Feind zurück. Mal um Mal sah er sich dabei Mayora gegenüber, einer jungen Hauptfrau Auvagans, die sich bereits im Krieg der Sieben Herrscher bewiesen hatte.

Erbittert war der Kampf zwischen den beiden, doch hatte Mayora den Vorteil auf ihrer Seite, denn sie kannte das Umland, in dem sie aufgewachsen war.

In eben dem Dorf, in dem sie geboren worden war, gelang es ihr, dem Prinzen eine Falle zu stellen und ihn von seinen Truppen zu trennen. Wohl hätte Xeromot fliehen können, doch hätte er dadurch das Leben der Dorfbewohner in Gefahr gebracht. In seiner Brust schlug jedoch das Herz eines gerechten Mannes, der keine Unschuldigen in den Krieg mithineinziehen wollte. Er legte die Waffen nieder und ergab sich seiner Feindin.

Mayora legte den Prinzen in Ketten. In der Mitte des Dorfes band sie ihn an einen Pfahl und gab ihn dem Spott der Soldaten und Dorfbewohner preis.

Ihres Sieges sicher übernachtete Mayora daraufhin in ihrem Heimatdorf. Von dort aus gedachte sie ihren wertvollen Gefangenen am darauffolgenden Tag nach Auvagan zu führen, um ihn der Gnade des Erzkanzlers auszuliefern.

Erschöpft von den Demütigungen schlief Xeromot ein. Mitten in der Nacht erwachte er, als sich jemand an seinen Ketten zu schaffen machte. Als der Prinz aufblickte, sah er das Gesicht eines alten Mannes im Mondlicht. Und er erkannte einen der Dorfbewohner.

Nachdem er dessen Fesseln gelöst hatte, führte der alte Mann den verblüfften Xeromot durch die Reihen der Wachen in die Dunkelheit eines nahen Waldes.

»Weshalb helft Ihr mir?«, wollte der Prinz wissen.

»Weil es das Richtige ist«, erwiderte der alte Mann. »Ihr mögt ein Feind sein, doch habt Ihr keinem von uns ein Leid angetan.«

Xeromot verbeugte sich tief vor seinem Retter. »Indem Ihr mich rettet, rettet Ihr mein ganzes Reich. Tief stehe ich in Eurer Schuld. Solltet Ihr jemals einen Wunsch haben, so kommt nach Solmanad, sprecht ihn aus und er soll Euch erfüllt sein, so dies in meiner Macht steht.« Er nahm eine Anstecknadel mit dem Wappen seines Geschlechtes von seinem Mantel und überreichte sie dem Mann. »Nehmt dies als Unterpfand für mein Wort.«

Damit verschwand Xeromot in die Nacht. Er fand den Weg zurück zu seinen Truppen und kehrte mit diesen nach Erbarior zurück.

Wenig später wurde Xeromot in Solmanad zum König gekrönt. Der Krieg mit Auvagan erstarrte in den folgenden Jahren zu einem wachsamen Frieden, der nur hin und wieder von kleinen Zusammenstößen am Fluss Bresill getrübt wurde.

Bei einem dieser Geplänkel geschah es, dass Mayora in die Hände der Erbaren fiel. Da allgemein bekannt war, dass sie diejenige gewesen war, die einst den König gefangen genommen hatte, war die Freude im Reich groß, sie nun ihrerseits in Gewahrsam nehmen zu können.

Mayora wurde nach Solmanad gebracht, wo Xeromot über ihr weiteres Schicksal bestimmen sollte. Als sie vor ihm stand, verlachte und verhöhnte sie ihn, sodass er sie in ein tiefes Verlies werfen ließ. Jenen, die ihre Hinrichtung forderten, schenkte der König keinerlei Gehör.

Viele Wochen vergingen und die Kunde von Mayoras Gefangenschaft machte die Runde. Eines Tages trat dann ein alter Mann vor die Tore des Königspalastes in Solmanad und verlangte Einlass. Als die Wächter ihn verscheuchen wollten, zeigte er diesen eine silberne Anstecknadel in der Gestalt des königlichen Wappens. Da setzten die Wächter ihn fest, hielten sie ihn doch für einen Dieb.

Als der König davon in Kenntnis gesetzt worden war, ließ er sogleich nach dem Greis schicken. Und tatsächlich erkannte er in diesem jenen Mann, der ihn einst aus den Klauen seiner Feinde gerettet hatte.

»Ich bin gekommen, um Euch an Euer Versprechen zu erinnern«, sagte der alte Mann, als er vor dem König kniete.

»Ich gedenke, mein Wort zu halten«, erwiderte der König. »Eure Freude soll meine Freude sein. Mein Gast sollt Ihr sein, solange Ihr dies wünscht. Reichtümer und Titel will ich Euch geben. Alle Fürsten des Reiches sollen Euch empfangen, als trüget Ihr meine Krone.«

»Nur einen Wunsch habe ich«, sagte der Mann. »Weder Reichtum noch Macht will ich. Einzig die Freiheit meiner Tochter liegt mir am Herzen.«

»Und frei soll sie sein, sofern dies in meiner Macht liegt«, entgegnete der König. »Wer hält Eure Tochter fest?«

»Mayora sitzt in Eurem Verlies«, entgegnete der Mann.

Da erst erkannte Xeromot, dass es der Vater seiner Feindin gewesen war, der ihn damals befreit hatte. Groß war der Aufruhr im Hofstaat und die Berater des Königs redeten auf diesen ein. Alle forderten sie, dass er diesen dreisten Bittsteller von dannen schicke oder gar ins Verlies werfen ließe.

Xeromot jedoch verneigte sich vor dem Mann und sagte: »So sei es: Lasst Mayora frei und gewährt ihr freies Geleit, so sie wünscht, mein Reich zu verlassen!«

Wiewohl manch einer an der Entscheidung des Königs zweifelte, kam man dieser dennoch nach. So wurde Mayora dann tatsächlich freigelassen und mit ihrem Vater wiedervereint. Groß war ihre Verwunderung, größer noch ihre Dankbarkeit, als sie erkannte, welch gerechter Mann ihr Feind war.

Vor dem versammelten Hofstaat ernannte Xeromot seinen Retter dann zum Beschützer des Reiches und verfügte, dass jeder Bewohner Erbariors ihm mit Hochachtung begegnen solle. Der Greis aber zog mit seiner Tochter von dannen und kehrte in seine Heimat zurück, wo die beiden fortan bis ans Ende ihrer Tage ein einfaches Leben führten.

Der Irrlichtpfad

Am Rande des Verlorenen Waldes lag das Dorf Olemiere. Die Bewohner der kleinen Siedlung waren einfache Leute, die nur selten nach Größerem strebten. Reichtum und Macht bedeuteten ihnen wenig, umso mehr ein Leben in Frieden.

Nun war Olemiere bei Händlern sehr beliebt, gab es dort doch stets seltsame Güter und Gegenstände aus den nahen Wäldern zu erstehen. Denn nicht nur Menschen aus dem Umland besuchten das Dorf, sondern auch die Bewohner des Waldes. Gnomen waren sie - kleine, zauberkundige Wesen, die eng mit der Erde und allem, was darin gedieh, verbunden waren. Vielerlei Wunderdinge stellten sie her, die von den Menschen begehrt wurden, doch begehrten sie ihrerseits die Werke der Menschen. Und so herrschte seit vielen Jahrzehnten ein reger Austausch zwischen Wald und Dorf.

Neben ihren wundersamen Gerätschaften brachten die Gnomen auch Geschichten mit sich. Von verzauberten Flüssen und Lichtungen erzählten sie, von Fabelwesen und Ungeheuern, die tief im Wald zuhause waren, und von den Reichtümern längst vergangener Zeitalter. Freilich lockten diese Geschichten hin und wieder Menschen in den Wald, doch konnte kaum einer auch nur einen Blick auf dessen Wunder erhaschen, ehe er sich unversehens wieder an der Waldgrenze wiederfand. Der Verlorene Wald war nämlich ein Ort voller Wirrnisse und die Gnomen blieben gerne unter sich.

Eine jener Geschichten, die man sich in Olemiere erzählte, war jene vom Irrlichtpfad. Dieser, so behauptete man, wäre ein Weg irgendwo im Verlorenen Wald, an dessen Ende ein Schatz von unermesslichem Wert verborgen liege. Immer wieder sprachen die Gnomen von dem Pfad, worum es sich bei dem Schatz handelte, verrieten sie jedoch niemandem.

Zwar behauptete mancher den Pfad gefunden zu haben, doch kehrte niemand mit dem erhofften Reichtum von dort zurück. So hielten die Bewohner von Olemiere den Irrlichtpfad alsbald für eine erdichtete Mär der Gnomen. Und doch gaben sie nie auf, nach dem Pfad zu suchen.

So machte sich eines Tages auch ein junger Mann namens Lirald auf die Suche nach dem Irrlichtpfad. Lirald lebte ein einfaches, aber glückliches Leben mit seinen Geschwistern und Freunden, doch sehnte er sich nach mehr. Ruhm und Reichtum verhieß der Pfad und schon sah er sich als einen großen Fürsten, wie jene, die das nahe Auvagan beherrschten.

Wie viele vor ihm betrat Lirald also den Wald und hielt Ausschau nach Irrlichtern. Ihnen – so hieß es – müsse man folgen, um den Pfad zu finden. Drei Tage lang irrte der junge Mann ziellos zwischen den Bäumen umher, ohne auch nur ein einziges Irrlicht zu Gesicht zu bekommen. In der Nacht, die dem dritten Tag folgte, machte er dann jedoch ein zartes Schimmern im Unterholz aus.

Als er sich vorsichtig näherte, sah er dort Dutzende von Irrlichtern durch die Lüfte tanzen. Inmitten des wundersamen Schauspiels saß eine alte Gnomin in einem langen grünen Kleid.

»Du bist verloren, Wanderer, das sehe ich dir an«, sprach sie Lirald an. »Komm, lass mich dir den Weg zeigen, der aus dem Wald hinausführt.«

»Nicht verloren bin ich, sondern auf der Suche«, erwiderte Lirald. »Ist dies der Irrlichtpfad?« Tatsächlich schien es ihm, als tanzten die Irrlichter entlang eines kaum erkennbaren Weges.

»Wohl mag dies der Pfad sein, den du suchst«, entgegnete die Gnomin geheimnisvoll. »Doch bist du auch bereit, ihn bis zum Ende zu gehen?«

Lirald nickte entschlossen.

»So ziehe also von dannen«, sagte die Gnomin. »Doch sei dir dessen bewusst, dass das, was du finden wirst, nicht das sein mag, was du zu finden erhoffst.«

Nachdem Lirald sich von ihr verabschiedet hatte, schlug er den Weg ein, den ihm die Irrlichter zu weisen schienen. Die Worte der Gnomin verfolgten ihn, dennoch war er guter Dinge. Die ganze Nacht hindurch folgte er den Irrlichtern durch das Unterholz. Mit jedem Schritt wuchs seine Erwartung.

Schließlich sah er vor sich etwas leuchten. Im Glauben, dort Gold glitzern zu sehen, beschleunigte er seine Schritte. Als er dann zwischen den Bäumen hervortrat, verblassten die Irrlichter. Mit ihnen schwand auch Liralds Hoffnung.

Was er vor sich sah, war kein Gold, sondern der Schimmer der Morgensonne auf den Dächern Olemieres. Zu seiner Rechten erhob sich das Haus seines ältesten und treuesten Freundes, der ihn von der Tür aus begrüßte. Groß war da Liralds Enttäuschung, doch versuchte sein Freund ihn aufzumuntern.

»Was du gesehen hast, war nur ein Trugbild«, meinte er. »Nicht beim ersten Versuch geben die Gnomen ihre Geheimnisse preis. Nur dem Beharrlichen winkt das Glück, so sagt der Volksmund. Also verzage nicht!«

Die Worte seines Freundes spendeten Lirald Trost. Nachdem er sich dann von seiner Irrfahrt durch den Wald erholt hatte, machte er sich erneut auf den Weg. Vier Tage wanderte er durch die Wälder. In der vierten Nacht dann sah er erneut Irrlichter zwischen den Bäumen umhertanzen und er folgte ihnen auf verschlungenen Wegen durch das Unterholz.

Immer wieder verlor er die fahlen Erscheinungen aus dem Blick, immer wieder erschienen sie vor ihm, sodass er bald glaubte, nun tatsächlich den Irrlichtpfad gefunden zu haben.

Doch der Weg führte Lirald auch dieses Mal zurück nach Olemiere. »Nur eine Sage ist dieser Pfad«, sagte er am nächsten Morgen zu seinen Freunden. »All diejenigen, die ihn gefunden haben wollen, waren Narren. Die Gnomen verspotten uns mit ihren Märchen...«

Manche seiner Freunde stimmten ihm zu, andere dagegen hörten nicht auf, an die Wunder zu glauben, die sich im Verlorenen Wald verbergen mochten. Seinen Worten zum Trotz gab auch Lirald den Traum vom Irrlichtpfad nicht auf. Eines Nachts schlich er sich davon, um ein drittes Mal sein Glück zu versuchen.

Länger als zuvor durchirrte er die Wälder. Fünf Tage und fünf Nächte war er unterwegs und wenngleich er längst die andere Seite des Waldes erreicht haben hätte müssen, war kein Ende in Sicht.

Auf einer Lichtung traf er dann am sechsten Tag eine greise Gnomin. Es war dieselbe, mit der er zuvor gesprochen hatte.

»Was führt Euch erneut hierher?«, fragte sie verwundert, als sie ihn erkannt hatte. »Seid Ihr dem Pfad nicht bis zum Ende gefolgt?«

»Doch, das bin ich«, entgegnete Lirald. »Doch war es ein Irrweg. Nichts war dort, als der Beginn meines Weges.«

Die Gnomin schüttelte verständnislos den Kopf. »Engstirnig seid ihr Menschen. Gold und Silber und Edelsteine sucht ihr. Doch gibt es vielerlei Dinge, die weitaus wertvoller sind. Längst am Ziel wart Ihr.«

Lirald blinzelte die Greisin verwirrt an.

»So folgt nun diesem Pfad ein drittes Mal und Ihr werdet erkennen, welch großer Schatz an seinem Ende auf Euch wartet«, schlug sie ihm lachend vor.

Lirald tat, wie ihm geheißen. Erst als der Weg ihn ein drittes Mal zum Haus seines treuesten Freundes führte, begriff er endlich, dass sich der größte Schatz längst in seinem Besitz befunden hatte.

Zu guter Letzt hatte die Gnomin Recht behalten. Ein wahrer Freund war mehr wert als aller Reichtum der Welt.

Die Schlacht am Hasenfeld

Remulea, die Erzkanzlerin von Auvagan, hatte Elarenia mit Krieg überzogen und viele Menschen litten schwer unter dem Joch ihrer grausamen Herrschaft. Nicht wenige hatten bereits die Hoffnung auf Frieden aufgegeben, als in Olemiere ein junger Mann namens Teonalth auftauchte.

Von den Wassergeistern des Velemraia gesegnet trat er aus dem Verlorenen Wald und die Menschen fielen bei seinem Anblick auf die Knie, ja selbst die Könige der umliegenden Ländereien verneigten sich ehrfürchtig vor ihm.

Einen prächtigen Schild - von Gnomen geschmiedet - trug er, ein Kranz von Blumen bändigte sein blondes Haar. Milde und Strenge lagen gleichermaßen in seinem Blick. Ein silberner Falke saß auf seiner Schulter. Sicher war sein Auftreten und ebenso große Sicherheit vermittelte er den Menschen.

Dort legte Teonalth seinen Geburtsnamen ab und wurde zu Xerónos. Und wenngleich von niederer Geburt erhoben die Menschen ihn zu ihrem Anführer, in den bitteren Zeiten, die sie durchlebten.

Geschwind stellte Xerónos ein Heer der stärksten und verwegensten Krieger der Gegend auf und an dessen Spitze zog er mit seinem Halbbruder Illrant aus, um Elarenia von der Herrschaft Auvagans zu befreien.

Gemeinsam mit seinem Bruder schlug Xerónos viele Schlachten gegen die Truppen Auvagans und bewahrte viele Menschen vor Knechtschaft und Tod. Während sein Heer beständig anwuchs, drängte er den Feind immer weiter zurück.

Als Erzkanzlerin Remulea von dem jungen Feldherrn erfuhr, der ihrer Macht trotzte, schäumte sie vor Wut. Sie selbst zog daraufhin mit einem großen Heer nach Westen, um diesen anmaßenden Aufrührer zurechtzuweisen und ihre Feinde ein für alle Mal niederzuwerfen. So furchterregend war ihr Anblick, dass selbst ihre eigenen Untergebenen sich scheuten, ihr zu nahe zu kommen.

Als ihn die Kunde des sich nähernden Heeres erreichte, verweilte Xerónos mit seinen Truppen am Hügel Wirinad. Dort hatte er einige Zeit lang bei einem Bauern gelebt, sodass ihm der Ort sehr lieb war. Aus diesem Grund weigerte er sich dann auch, den Rückzug anzutreten, obwohl seine Späher ihm meldeten, dass die feindliche Streitmacht beinahe doppelt so groß wie die seine und zudem besser ausgerüstet wäre.

Manch einem seiner Anhänger wurde das Herz schwer, als er die Staubwolken sah, die das Heer der Auvaganer aufwirbelte. Viele wandten sich da von Xerónos ab, glaubten sie doch, sein Glück hätte ihn verlassen. Er ließ sie gehen und zürnte ihnen nicht. Allein dies bewegte dann die meisten dazu, doch bei ihm zu bleiben.

So nahmen Xerónos' Leute also Aufstellung am Ufer des Flusses Bresill und versuchten die feindlichen Truppen daran zu hindern, den Fluss zu überqueren. Teuer mussten sich die Auvaganer in ihren glänzenden Rüstungen den Übergang erkämpfen. Und doch drängten sie ihre Gegner schließlich immer weiter in Richtung der Hügel im Westen zurück. Auf dem Hasenfeld, auf dem für gewöhnlich nur Feldhasen miteinander rangen, kam es zur großen Schlacht.

Dort rief Xerónos seine Gefolgsleute zu einem letzten Ansturm auf. Er selbst focht in der ersten Reihe und trieb den Feind Mal um Mal zurück. Wer immer ihn sah, warf alle Zweifel ab und stand ihm bis zum Tod zur Seite.

Da jedoch erschien Remulea selbst auf dem Schlachtfeld. Von Kopf bis Fuß war sie in eine silberne Rüstung gehüllt und sie trug ein mächtiges Schwert, das für ihre Vorfahren in Trinatia geschmiedet worden war. Blitze und Feuer umzüngelten sie, denn sie war vom Geschlecht der Almári und der Heiligen Künste mächtig.

Freund wie Feind wich vor ihr zurück, als sie mit großen Schritten ihrem erklärten Erzfeind entgegentrat. Xerónos aber wappnete sich mit seinem Schild und blieb standhaft. Gewaltig war der Kampf zwischen den beiden. Und wenngleich Xerónos im Nachteil war, schenkte er seiner Feindin keinen Fußbreit Boden. Als sie ihn so tapfer standhalten sahen, wollten viele seiner Freunde ihm zu Hilfe eilen, doch er gestattete es ihnen nicht.

Wieder und wieder prallte das feindliche Schwert von seinem Schild ab, wieder und wieder wich Xerónos den tödlichen Zauberbannen aus. Schließlich schwand Remuleas Kraft dahin. Ihr Schwert zersplitterte am Schild des Verteidigers und die mächtige Erzkanzlerin selbst landete im Dreck.

Dort hätte Xerónos ihrem Leben ein Ende setzen können. Doch er zeigte Barmherzigkeit. Für das Versprechen, ihre Truppen abzuziehen, ließ er seine Feindin gehen. Widerwillig gab diese ihm ihr Wort.

So ging Xerónos siegreich aus der Schlacht am Hasenfeld hervor. Remulea aber kehrte in Schimpf und

Schande nach Auvagan zurück, wo sie kurz darauf von ihren eigenen Vertrauten ermordet wurde.

Nach seinem Sieg hielt Xerónos auf dem Schlachtfeld vor seinen überlebenden Verbündeten eine große Rede. »Gemeinsam errangen wir diesen Sieg, gemeinsam werden wir dieses Land wiederaufbauen, das für alle Zeit das unsere sein soll. Erbarior will ich es fortan nennen.«

»Erbarior! Erbarior!«, rief die Menge, dann rief sie: »Xerónos! Xerónos! König Xerónos!«

So wurde nach der Schlacht am Hasenfeld das Königreich Erbarior geboren und Xerónos nahm die Krone in Demut an, als erster eines Geschlechtes, das viele große Männer und Frauen hervorbringen sollte.

Das Schwert der Sieben Herrscher

Einst herrschten sieben Könige über Amrian. Brüder waren sie, durch Blut ebenso stark miteinander verbunden wie durch ihre Gabe, sich der Heiligen Künste zu bedienen. Düstere Weissagungen hatten sie seit frühester Kindheit begleitet, sodass sie es sich als Erwachsene zum Ziel gemacht hatten, den Herrn der Finsternis von seinen Ketten zu befreien.

So überzogen sie die Welt mit Krieg, glaubten sie doch ihrer Bestimmung nur gerecht werden zu können, indem sie das Land mit Blut tränkten. Zu diesem Zwecke schmiedeten die Sieben Herrscher nun Waffen, denen sie mit ihrer dunklen Kraft all ihre Bosheit einhauchten. Vollendete Werkzeuge des Tötens waren diese und so wurden sie zu Sinnbildern des Wahnsinns, der die Sieben Herrscher antrieb.

Hunderte, wenn nicht Tausende Menschen fielen diesen Verfluchten Waffen zum Opfer und keine von ihnen löschte mehr Leben aus als das Schwert Almariels, des ältesten der Sieben Herrscher. Neren wurde es genannt - »Grab« in der Heiligen Sprache der Almári.

So groß die Macht der Sieben Herrscher auch war, wurden sie dennoch besiegt. Ihre Waffen aber wurden von den Almári im Verbotenen Verlies tief unter der Festung Agomitur versiegelt, auf dass sie niemandem mehr zu schaden vermochten.

Dort lagen die Verfluchten Waffen in der Finsternis und ihre bloße Anwesenheit löste Unbehagen in jenen aus, die sich ihnen näherten. So groß war die

Bosheit, die ihnen innewohnte, dass sie sogar den Tod ihrer Erschaffer überdauerte.

Während die meisten Almári den Anblick der Waffen mieden, gab es auch jene, die sich zu ihnen hingezogen fühlten. Allen voran das Schwert Neren beflügelte deren Geister mit der Verlockung von Ruhm und Macht. Nicht wenige streckten ihre Hand nach dem Heft des bläulich glänzenden Schwertes aus, nur um im letzten Augenblick zurückzuweichen.

So geschah es dann schließlich, dass das Schwert aus dem Verbotenen Verlies gestohlen wurde. Wenngleich zahlreiche Almári danach suchten, blieben sowohl die Waffe als auch deren Dieb über lange Jahrhunderte hin verschollen.

Nun begab es sich, dass in Erbarior zwei Schwestern lebten, die seit vielen Jahren ihren Lebensunterhalt damit verdienten, uralte Gegenstände für die Almári in Agomitur aufzuspüren. Harike hieß die ältere, die jüngere trug den Namen Werlind. Gefährlich war das Tagewerk, dem die beiden Frauen nachgingen, doch waren sie äußerst geschickt darin, allen Gefahren zu trotzen.

Eines Tages nun entdeckten die Schwestern in einem verfallenen Dorf im Mondgebirge an der Grenze zu Althaim ein bläulich glänzendes Schwert. Unberührt von Wind und Wetter lag es inmitten verwitterter Knochen. Wohl erkannten die beiden Schwestern, dass dies Neren, das Schwert der Sieben Herrscher, war.

Groß war da Harikes Freude, glaubte sie doch unermesslichen Reichtum aus dem Fund dieser unheilvollen Waffe schlagen zu können. Werlind dagegen mahnte zur Vorsicht. Wiewohl sie gänzlich unempfänglich für die Strömungen der Heiligen Kräfte war, spürte sie doch die Bosheit, die von dem Schwert ausging. So versuchte sie, ihre Schwester zu überreden, das Schwert liegen zu lassen.

Doch Harike ließ sich nicht überzeugen. Sie nahm das Schwert, hüllte es in ein Tuch und machte sich auf den Weg nach Agomitur. Missmutig folgte Werlind ihr.

Nach einigen Tagen gelangten die beiden Schwestern in die Stadt Wirima. In ihrem Übermut sprach Harike allzu sehr dem Wein zu. Betrunken prahlte sie mit ihrem Fund. So kam es, dass auch Egobrant, der Fürst, der über die Stadt herrschte, davon erfuhr.

Nun war der Fürst weit und breit für seine Sammlung seltener und seltsamer Gegenstände bekannt. Dass sich eine der sagenumwobenen Verfluchten Waffen in seiner Stadt befand, sah Egobrant freilich als einmalige Gelegenheit, seine Sammlung zu erweitern.

So suchte er also die beiden Schwestern auf, noch ehe diese die Stadt verlassen konnten und unterbreitete ihnen ein mehr als großzügiges Angebot. Werlind, die immer noch mit der Stimme der Vernunft sprach, lehnte sogleich ab, ihre Schwester dagegen war dem Angebot nicht abgeneigt. Lange schon sehnte sie sich nach einem Ende ihrer mühevollen Tage als Schatzsucherin.

Da sich die beiden Schwestern nicht einig wurden, kam es zum Streit. Diese Gelegenheit ergriff Fürst Egobrant. Er ergriff das Schwert und versuchte sich damit davonzustehlen. Werlind aber bemerkte sein Ansinnen und stellte sich ihm in den Weg. Da sie nicht weichen wollte, streckte der Fürst die Frau nieder und zog von dannen.

In den Armen ihrer Schwester hauchte Werlind das Leben aus. Harike vergoss bittere Tränen. Nun erst wurde sie gewahr, welch großes Übel das Schwert Almariels über sie gebracht hatte.

Da sie Egobrants Einfluss fürchtete, floh Harike aus Wirima. Nach wochenlanger Reise gelangte sie nach Agomitur, wo sie die Almári davon unterrichtete, dass das verschollene Schwert der Sieben Herrscher gefunden worden war. Sogleich entsandten diese die erfahrensten Krieger der Stahlrose, um die Verfluchte Waffe sicherzustellen.

Als diese nach Wirima gelangten, fanden sie die Stadt im Elend. Fürst Egobrant war dem Wahnsinn verfallen und, nachdem er mit einem bläulichen Schwert zahlreiche Morde begangen hatte, von seiner eigenen Gattin erdolcht worden.

Das Schwert aber war erneut verschwunden. So machte sich Harike auf die Suche danach, um es den Almári zu übergeben, auf dass es kein Unheil mehr anrichte. Ihr ganzes Leben verschrieb sie dieser Aufgabe, doch auch als sie im hohen Alter starb, blieb das Schwert der Sieben Herrscher verschwunden.

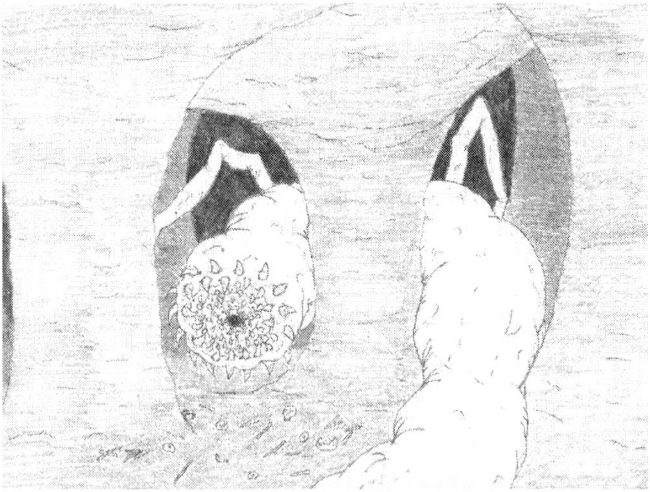

Das Ungeheuer vom Tiefenhügel

Zu einer Zeit, als die erbarische Hauptstadt noch Solmanad hieß, lagen die Felder nordwestlich der Stadtmauern lange Zeit brach. Dort erhob sich ein felsiger Hügel aus dem Umland und unter diesem Hügel gab es eine Höhle, in der ein fürchterliches Ungeheuer hauste.

Schon bevor die Menschen dieses Land besiedelt hatten, hatte es dort gehaust und niemand, der seinen finsteren Bau betrat, kehrte jemals ans Tageslicht zurück. Das Geschöpf selbst wagte sich nicht einmal nachts ins Freie, hasste es doch das Licht der Sterne und des Mondes ebenso sehr wie das der Sonne.

Und doch reichte allein seine Anwesenheit aus, um die meisten Menschen von dem Hügel fernzuhalten. Nun mangelte es der nahen Hauptstadt nicht an tapferen Leuten, die sich durch Heldentaten Ruhm erwerben wollten. Dutzende zogen aus, um das Ungeheuer des Tiefenhügels zu erschlagen, nur um selbst in den lichtlosen Tiefen unter der Erde den Tod zu finden.

So kam es, dass die erbarische Königin Enivia den Eingang zur Höhle schließlich zumauern und verschütten ließ und ihren Untertanen verbot, sich dem Ort zu nähern.

Im Laufe der Jahrhunderte ging das Wissen um die Höhle und das Ungeheuer, das in deren Tiefen schlummerte, verloren. Solmanad wuchs und schon bald erstreckte sich die Stadt bis zum Tiefenhügel.

Als nun Xeromot der Zweite seines Namens König von Erbarior wurde, ließ er, um den Wasserbedarf der wachsenden Stadt zu decken, tiefe Stollen durch den Hügel treiben. Dabei stießen die Bauarbeiter auf den versiegelten Höhleneingang. Unwissend ob der Gefahr durchbrachen sie das alte Mauerwerk und stiegen in die Tiefen hinab. Dort weckten sie das Ungeheuer aus seinem jahrhundertelangen Schlaf. Einen nach dem anderen verschlang es die Arbeiter. Nur einer entkam, um dem König von dem Grauen zu berichten, das sie aufgeschreckt hatten.

Wiewohl entsetzt von dieser Neuigkeit wollte Xeromot sich nicht von seinem Vorhaben abbringen lassen. So entsandte er zwei Dutzend seiner besten Krieger in die Tiefen, um das Ungeheuer zu töten. Doch auch diese endeten im Rachen des Ungetüms.

Dadurch kam des Königs Eifer zum Erliegen. Er stellte eine Wache vor dem Höhleneingang auf, um zu verhindern, dass das Ungeheuer aus den Tiefen noch mehr Opfer fand. Das Volk ließ er in dem Glauben, dort gäbe es nichts von Bedeutung.

Auch die Kinder des Königs wussten nichts von der Gefahr, die unter der Erde lauerte. So kam es, dass Xeromots Sohn Xeraon sich eines Tages von der Neugier getrieben an den Wachen vorbeischlich und in die Höhle unter dem Tiefenhügel hinabstieg. Dort lauerte ihm das Ungeheuer auf.

Zwar gelang es diesem nicht, den jungen Prinzen zu verschlingen, doch verwundete es ihn schwer. Blutüberströmt schleppte sich Xeraon zum Königspalast zurück, wo er in den Armen seiner älteren Schwester Xeraya starb.

Groß war da die Trauer im Königshaus, doch weigerte sich der König, erneut Krieger gegen das Ungeheuer auszusenden. So machte sich Xeraya, eine Jungfrau von zwanzig Jahren, auf, um ihren Bruder zu rächen. Mit Schwert und Speer bewaffnet trat sie den Wächtern am Tiefenhügel entgegen. Niemand wagte es, sie aufzuhalten. Keiner hielt ihrem von Kummer und Zorn geschärften Blick stand.

Geleitet vom Schein einer Fackel drang sie tief in die Finsternis vor. Knochen von Aberdutzenden Menschen und Tieren pflasterten ihren Weg, doch verlor sie nicht den Mut. Schließlich erreichte sie dann das Nest des Ungeheuers.

Dort lag dieses fett vom Fleisch der unzähligen Menschen, die es getötet hatte. Wie ein übergroßer Wurm sah es aus. Es hatte weder Augen noch Ohren noch ein Gesicht, jedoch ein gewaltiges Maul, aus dem viele Reihen langer spitzer Zähne ragten. Sechs viel zu schlanke gebogene Beine stützten den aufgedunsenen, mit harten Schuppen bedeckten Körper.

Als Xeraya das Ungeheuer sah, überlief sie ein Schauer der Furcht. Und doch kehrte sie nicht um. Mit einem wilden Schrei stellte sie sich dem albtraumhaften Geschöpf entgegen.

Ihr Speer zersplitterte an dessen undurchdringlicher Haut. Mit dem Schwert trennte sie zwei der Beine des Ungeheuers ab, woraufhin dieses ins Wanken geriet.

Der Kampf dauerte an, bis Xeraya - von zahlreichen Wunden übersät und beinahe am Ende ihrer Kräfte - zum letzten Stoß ansetzte und das Schwert bis zum Heft im Gaumen des Ungeheuers versenkte, wo dieses verletzlich war. Wahnsinnig vor Schmerz warf das Ungetüm sich brüllend gegen die Wände seiner Höhle, bis es schließlich darniederlag.

Xeraya aber befreite ihr Schwert aus dem Körper des getöteten Untieres und stieg schweigend und von Blut überströmt zurück ans Tageslicht. Groß war die

Verwunderung der Wächter, denn keiner hatte damit gerechnet, sie lebendig wiederzusehen.

Als sie in den Königspalast zurückgekehrt war, legte sie das Schwert zu Füßen ihres Vaters und sagte: »Dein Sohn wurde gerächt.«

Der Mann aus dem Finsterforst

In dem kleinen Städtchen Wasmern im Tal der Emra lebte einst eine junge Frau namens Nailana. Da sie das einzige Kind des wohlhabenden Bauern Leredur war, würde sie eines Tages auch dessen nicht geringen Besitz und Reichtum erben. So war es wenig verwunderlich, dass sich zahlreiche junge Männer aus der Umgebung um sie bemühten, denn neben alledem war sie auch noch außerordentlich hübsch.

Nailana jedoch würdigte ihre Verehrer keines Blickes. Oftmals stahl sie sich sogar in den nahen Finsterforst davon, um deren lästigen Nachstellungen entgehen zu können. Kaum jemand wagte sich allzu tief in diesen Wald, ging doch das Gerücht um, Nachtschleicher - grässliche Geschöpfe des Herrn der Finsternis - würden dort ihr Unwesen treiben.

Bei einem dieser Ausflüge verirrte sich Nailana nun im Wald und fand den Rückweg nicht mehr. War sie zunächst noch frohen Mutes wandelte sich dieser bald zur Verzweiflung, als am Himmel die Nacht heraufzog.

Da vernahm sie plötzlich eine wohlklingende Stimme, die in den Tiefen des Waldes ein wehmütiges Lied sang. Ohne nachzudenken, folgte sie den Klängen bis zu einer Lichtung. Dort fand sie einen gutaussehenden blassen Mann mit langem schwarzem Haar, der singend unter einer Eiche saß und die ersten Sterne am Nachthimmel beobachtete.

»Welch seltsamer Anblick«, sagte er, als er Nailana erblickte. »Eluvar ist mein Name und dieser Wald mein Zuhause. Ihr jedoch scheint mir verloren zu sein.«

Nailana errötete unter dem Blick seiner raubtierhaften Augen. Rot schimmerten sie im Licht der untergehenden Sonne. Wiewohl der Mann eine ganz und gar unheimliche Erscheinung abgab, wich sie nicht zurück. Als er ihr dann anbot, sie nach Hause zu bringen, willigte sie, ohne zu zögern, ein.

Sicheren Schrittes führte Eluvar das verirrte Mädchen durch das Unterholz. Nailana vermochte den Blick nicht von ihm abzuwenden, bis er sie wortlos unter den letzten Bäumen am Waldrand verließ.

So kehrte Nailana also in finsterster Nacht nach Hause zurück. Das Gesicht des Fremden ließ sie jedoch nicht mehr los. Schon am nächsten Tag ging sie wieder in die Wälder, um nach ihm zu suchen. Er jedoch erwartete sie bereits dort, wo er sie zuvor zurückgelassen hatte.

Woche für Woche trafen die beiden einander. Gemeinsam zogen sie durch den Wald, unterhielten sich miteinander, sangen Lieder oder genossen einfach nur die Gegenwart des anderen. Eluvar schien sich stets über Nailanas Gesellschaft zu freuen, als sie ihn eines Tages jedoch zu sich nach Hause einlud, lehnte er ab. Fast schien es ihr, als wollte er den Wald nicht verlassen.

Dennoch wurden die beiden ein Paar. Schon begann man in Wasmern Geschichten über Nailana und ihren seltsamen Liebhaber aus den Wäldern zu erzählen. Einige meinten, es handle sich bei ihm um einen Waldgeist, andere sagten gar, sie hätte ihn nur erfunden. Manche warnten sie vor diesem Mann.

Nailana selbst ahnte, dass ihr Geliebter nicht zur Gänze menschlich war, doch sprach sie ihn nicht darauf an, da es sie nicht kümmerte, was er war. Auch ihr Vater Leredur ging der Sache nicht nach. Wiewohl er neugierig war, sah er, wie glücklich seine Tochter mit Eluvar zu sein schien. So sorgte er einzig dafür, dass das Gerede der Leute schließlich erstarb.

Nun waren bereits zwei Jahre vergangen, seit Eluvar Nailana den Weg aus dem Wald gewiesen hatte. Da bat Nailana ihren Geliebten, sie zu heiraten. Eluvar aber zögerte. Zwar liebte er Nailana über alles, doch wollte er sie nicht zu einem einsamen Leben in den Wäldern verdammen. Zwar beteuerte sie unzählige Male, dies würde ihr nichts ausmachen, doch sah er, dass sie insgeheim noch an ihrem Leben in Wasmern hing.

Auch der Bauer Leredur war der Vorstellung, seine Tochter an die Wildnis zu verlieren, nicht sonderlich zugetan, zumal er seinen künftigen Schwiegersohn immer noch nicht kennengelernt hatte. Da Nailana sich weigerte, ihm ihren Eluvar vorzustellen, lauerte Leredur diesem eines Tages im Wald auf.

Dort erfuhr der alte Bauer, dass der Liebhaber seiner Tochter tatsächlich ein Nachtschleicher war. Freilich ergriff ihn da die Furcht, hatte man ihn doch bereits seit frühster Kindheit vor diesen Geschöpfen gewarnt, die angeblich das Blut von Menschen tranken.

Zugleich sah er in Eluvar jedoch einen äußerst klugen, friedfertigen und gebildeten Mann. Alsbald kamen die beiden miteinander ins Gespräch. So kam es, dass Eluvar, wenn er nicht mit Nailana unterwegs war, oftmals mit deren Vater sprach und sich sogar mit diesem anfreundete. Als Leredur den Geliebten seiner Tochter dann an seinen Hof einlud, legte dieser endlich seine Scheu vor den Menschen ab.

Noch im selben Jahr heirateten Nailana und Eluvar. Zwar gab es viele in Wasmern, die den Mann aus den Wäldern nicht mochten und das fürchteten, was er war, doch wagte es niemand, Hand an ihn zu legen, wussten sie doch, dass er unter Leredurs Schutz stand.

Nailanas Glück war vollkommen und gemeinsam mit ihrem Gatten lebte sie zufrieden am Hof ihres Vaters. Wenig später wurde dann ihr Sohn Bormias geboren.

Die Drachenstraße

Einst focht Voréos, der Herr der Finsternis, mit den geflügelten Drachen des Nordens einen furchtbaren Krieg aus. Abertausende starben auf beiden Seiten und selbst Berge zerfielen in der Schlacht der Brennenden Gipfel zu Asche. Nachdem beide Seiten des Kampfes müde waren, wurde Frieden geschlossen.

Zum Zeichen seines guten Willens trat der Herr der Finsternis ein grünes Land zwischen den Bergen an seine Feinde ab. Dort ließen die Drachen sich nieder. Am nordöstlichen Rand dieses Landes, wo die Sichelberge auf das Höllengebirge trafen, lag in einem ausladenden Tal ein großer tiefer See von klarem grünem Wasser. Dieser speiste einen Fluss, der nach Norden in das Ödland hinabfloss, das der Krieg der Flammen hinterlassen hatte.

Dort, wo der Fluss aus dem See entsprang, ließ sich Fenisafyronuri, der König der Drachen, den die Menschen Finior nannten, nieder. Nicht wenige aus seinem Volk blieben bei ihm und siedelten sich an den Ufern des Sees an.

In den Bergen zu beiden Seiten des Sees gab es zahlreiche Quellen und die Drachen gruben tief, um immer neue Brunnen auszuheben. Es gab nämlich wenig, was sie mehr schätzten als den Geruch von frischem Wasser.

Nun lag südlich der Berge ein gewaltiges Waldgebiet, das sich über hunderte von Meilen nach allen Richtungen hin erstreckte. Während die meisten Drachen sich kaum darum kümmerten, gab es gerade unter den jüngeren manche, die sich fragten, was wohl jenseits des Waldes liegen mochte. Zugleich schreckte sie dieses Land, bot ihnen das undurchdringliche Dickicht der Bäume doch keinerlei Möglichkeit nach einem anstrengenden Flug zu landen.

In jugendlichem Übermut begann Kuranyokoro, eine der Töchter des Drachenkönigs, vom See aus eine breite Schneise durch den Wald zu schlagen. Diese nutzte sie sowohl als Rastplatz, als auch als Ausgangsort, wenn sie zu einem Flug über die Wälder aufbrach.

Im Laufe der Jahrzehnte drang sie auf diese Weise viele hundert Meilen weit nach Süden und Osten vor. Die Geschöpfe des Waldes flohen vor ihr und ihren Flammen, doch die Drachin nahm dies kaum wahr.

Schließlich gelangte sie auf diese Weise bis an die Küsten des Inneren Meeres im Osten. Dort fand sie ein grünes Land, in dem sie sich mit einigen anderen aus ihrem Volk niederließ. Cir Maran - das Haupt des Drachen - wurde diese Halbinsel von den Menschen späterer Zeitalter genannt, wenngleich dort nur noch Knochen an die einstige Anwesenheit von Drachen erinnern.

Nun nutzten die Drachen die von Kuranyokoro geschaffene Schneise als Wegweiser, wenn immer sie zwischen dem Sitz ihres Königs und den Fluten des Meeres hin und her reisten. Einer Straße gleich schlängelte sich der kahle Streifen verbrannter Erde hunderte Meilen weit vom einen Ende des Waldes zum anderen, denn, wo Drachenfeuer gewütet hatte, wuchs kaum noch etwas.

Der Drachenkönig Fenisafyronuri fand nur wenig Gefallen daran. Ohne Zweifel war die Straße ein nützlicher Wegweiser, um sich nicht in den Weiten des Waldes zu verirren, doch war sie zugleich eine

Beleidigung für seinen scharfen Blick. So fasste er einen ehrgeizigen Beschluss.

Gemeinsam mit den kräftigsten seiner Untertanen begann er die Drachenstraße zu einer tiefen Furche zu verbreitern. Diese füllte er mit Wasser aus den umliegenden Quellen. Ja, er öffnete sogar einen breiten Durchlass im Gebirge, sodass ein Teil seines Sees nach Süden hinab in das neue Gewässer stürzte.

Die Geschöpfe des Waldes beobachteten dieses Schauspiel mit Erstaunen aus der Ferne. Meile um Meile höhlten die Drachen ihre Straße aus, um sie mit Wasser zu füllen. Wie eine nasse Schlange kroch ein neuer, gewaltiger Fluss täglich tiefer in das Herz des Waldes hinein.

Viele Jahre lang trieben die Drachen dieses Vorhaben voran, bis sie schließlich nördlich von Cir Maran das Innere Meer erreicht hatten. Damit war ihre Straße nun zur Zufriedenheit des Drachenkönigs vollendet. Der dadurch geschaffene Fluss wurde zum gewaltigsten im Nordwesten.

Die Drachen liebten ihre Straße und oft stürzten sie sich in die trägen Fluten des Flusses, wenn sie das Bedürfnis hatten, sich nach einem langen Flug zu erholen.

Auch nachdem ihre Erschaffer aus diesem Teil der Welt verschwunden waren und Oruwalyru als einziger noch über den See im Norden wachte, blieb die Drachenstraße bestehen. Die Menschen nannten sie Amnua und auch sie folgten dem breiten Fluss, der das Gebirge mit dem fernen Meer verband.

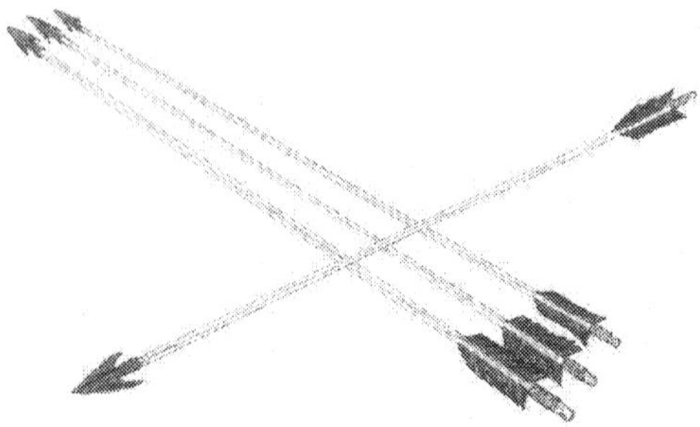

Die Freipfeile

In den finsteren Wäldern Theladiens begab es sich, dass ein junger Stammesfürst auf der Suche nach Jägern für sein Gefolge war. Evalos war sein Name und er stand in dem Ruf, sich nur mit den besten Bogenschützen zu umgeben. Diese führte er auf tagelange Ausritte in den Wald, um das scheueste Wild oder die wildesten Ungeheuer zu erlegen.

Bereits zum vierten Mal veranstaltete der Stammesfürst nun ein großes Fest zu Ehren der Jagdgöttin Cilélore. Dieses sollte in einem Wettkampf enden, bei dem er sich neue Jagdgefährten erwählen würde.

Dorthin kam ein junger Mann namens Ciros, der den Fürsten seit jeher bewundert hatte und sich nichts sehnlicher wünschte, als in dessen Jagdgesellschaft aufgenommen zu werden. Dreimal hatte er bereits am Wettkampf teilgenommen, dreimal war er gescheitert. Er war zwar sehr geschickt mit dem Wurfspieß, jedoch ein erbärmlicher Bogenschütze.

Dementsprechend mutlos war er auch, als er den Ort des Festes erreichte. Als er jedoch in der Ferne seinen geliebten Fürsten inmitten der Menschen lächeln sah, schlug sein Herz schneller. Hoffnung erfüllte ihn ebenso wie Trauer und Verzweiflung.

Einige der Gefährten des Fürsten bemerkten Ciros' sehnsüchtige Blicke. Sie kannten ihn bereits von den Wettkämpfen der vergangenen Jahre. Alle waren sie gute Bogenschützen und es mangelte ihnen nicht an Hochmut. So machten sie sich über Ciros lustig, verhöhnten und verspotteten ihn. Erst als Aranil, der Vetter des Fürsten, kam und sie zurechtwies, ließen sie von Ciros ab und gingen ihrer Wege.

»Evalos mangelt es nicht an guten Jägern«, sagte der Vetter des Fürsten. »An treuen, verlässlichen Freunden jedoch umso mehr. Der Wald ist voller Gefahren. Allzu leicht könnte ein Unfall geschehen, denn viele beneiden den Fürsten…« Sein Blick fiel auf Ciros. »Du jedoch, du wirkst wie jemand, der meinem Vetter treu zur Seite stehen würde.«

»Ich würde alles für meinen Fürsten tun«, erwiderte Ciros. »Mein Leben würde ich für ihn geben… Doch bin ich ein schlechter Schütze. Ich werde niemals seinem Gefolge angehören.«

»Es gibt einen Weg, wie du dennoch aus dem Wettkampf als Sieger hervorgehen könntest«, deutete Aranil an. »Unfehlbare Pfeile, Freipfeile. Der Wille des Schützen allein lenkt sie, nicht seine Hand. Steige in zwei Nächten in die Wolfsklamm hinab und du sollst diese Pfeile haben!«

Die Wolfsklamm war ein übler Ort. Götzenanbeter und Blutzauberer trieben dort ihr Unwesen, hieß es. Dennoch war Aranils Angebot zu verlockend gewesen, als dass Ciros es hätte ausschlagen können. So schlich er sich am Tag vor dem Wettkampf bei Neumond durch das düstere Unterholz in die Klamm.

Und tatsächlich erwartete ihn der Vetter des Fürsten dort unter einem großen Zährenholzbaum im Schein eines Feuers. Bei sich trug er einen Käfig mit einem jungen Fuchs. Pfeile sah Ciros jedoch keine.

»Du selbst wirst sie mit mir fertigen müssen, auf dass sie deinem Willen Untertan sind«, erklärte Aranil.

Also machte Ciros sich unter Aranils Anleitung ans Werk. Vier Zweige brach er vom Zährenholz ab, aus denen er die Schäfte der Pfeile schnitzte. Er befiederte diese mit den Federn einer Krähe, für die Spitzen verwendete er schwarzes Eisen.

Die fertigen Pfeile legte er auf einen flachen Stein. Sodann packte Aranil den mitgebrachten Fuchs am Genick und zerrte ihn aus dem Käfig. Mit einem Dolch schnitt er dem Tier die Kehle durch.

Ciros erschauderte. Der Fuchs war der Göttin der Jagd heilig, ihn zu töten ein schlimmer Frevel. Es war verbotene Zauberei, auf die er sich da eingelassen hatte. Und doch konnte er sich nicht davon abwenden – ja, er half dem Vetter des Fürsten sogar das Blut des Fuchses unter gemurmelten Beschwörungen über den Pfeilen zu verteilen.

Bald schon hallte der unheimliche Singsang der beiden Männer durch die ganze Wolfsklamm wider. Dann legte sich ein finsterer Schatten über sie. Flackernd erlosch das Licht des Feuers.

»Wer seid ihr, die ihr es wagt, mich zu rufen?«, erklang eine tiefe, körperlose Stimme aus der Finsternis.

Vor Schreck erstarrt brachte Ciros nur mühsam die Worte hervor, die Aranil ihn gelehrt hatte. »Dir bringe ich ein Opfer dar, Misael, Herr der Schattenjagd«, sagte er. »Diese Pfeile weihe ich dir, auf dass sie ihr Ziel niemals verfehlen mögen.«

»So sei es«, antwortete die Stimme. »Drei Pfeile sollen deinem Willen folgen, der vierte aber soll mir gehören. Was dessen Schützen am teuersten ist, werde ich mir als Opfer erwählen.«

Als nun der Tag des Wettkampfes kam, wagte Ciros es zunächst nicht, die Freipfeile zu verwenden. Zu sehr hatten die Ereignisse der vergangenen Nacht ihn aufgewühlt. So verfehlte er sein Ziel wieder und wieder.

Unter den strengen Blicken des Fürsten wuchs seine Verzweiflung, sodass er dann doch einen der Freipfeile auflegte. Obwohl seine Hand zitterte, traf der Pfeil die Mitte der Zielscheibe. Der zweite spaltete den ersten. Den dritten aber schoss Ciros in den Himmel, wo er in weiter Ferne die Umrisse eines Vogels erblickt hatte. Augenblicke später fiel ein Falke vor die Füße des Fürsten.

Diese geheuchelte Zurschaustellung seines Könnens brachte Ciros die Bewunderung Evalos' ein. Der Fürst erklärte den Wettkampf für beendet und nahm den jungen Mann in seine Jagdgesellschaft auf. Nachdem sich dessen Wunsch auf diese Weise erfüllt hatte, übergab er den letzten Freipfeil an Aranil zur Verwahrung - in Gedanken an die Worte des Schattenwesens.

Viele Monde vergingen, während Ciros in der Gunst des Fürsten stieg. Bald nannte Evalos ihn sogar einen treuen Freund.

Eines Tages kam dem Fürsten die Kunde über einen gewaltigen Keiler zu Ohren, der in den Wäldern im Osten gesichtet worden war. Man erzählte sich, das Tier wäre von einem bösen Geist besessen und niemand könne seiner Herr werden. Freilich ließ Evalos sich diese Gelegenheit nicht entgehen, seinen Mut unter Beweis zu stellen. Ciros war bei ihm - wie immer bereit, alles für seinen geliebten Herrn zu tun.

Als die Jäger nun das Untier aufgestöbert hatten, kreisten sie es ein und griffen es von allen Seiten mit Pfeilen und Wurfspießen an. Doch der Keiler war so gewaltig, dass die Geschosse nur wenig bewirkten. In seinem Wüten trieb er die Jagdgesellschaft auseinander, ehe er sich auf den Fürsten stürzte.

Als Ciros seinem Herrn zu Hilfe eilte, hatte er seinen Wurfspieß bereits verloren und all seine Pfeile verschossen. Da warf ihm der Vetter des Fürsten einen einzelnen Pfeil zu. Aus der Bewegung heraus spannte Ciros seinen Bogen und ließ das Geschoss fliegen. Der Pfeil flog jedoch nicht geradeaus, sondern beschrieb einen Bogen um den Keiler und traf stattdessen den Fürsten.

Mit vereinten Kräften gelang es den übrigen Jägern das Untier in die Flucht zu schlagen. Ciros jedoch lief zu seinem geliebten Fürsten, aus dessen Brust der Pfeil ragte, den er geschossen hatte. In seinen Armen hauchte Evalos das Leben aus. Erst da bemerkte Ciros unter Tränen, dass der tödliche Pfeil aus Zährenholz gefertigt worden war. Es war der letzte seiner Freipfeile gewesen. Der Herr der Schattenjagd hatte sein Opfer gefordert.

Der Bleiche Jäger

Nachdem der Stammesfürst Evalos von Theladien durch einen irregeleiteten Zauberpfeil seines Gefolgsmannes Ciros ums Leben gekommen war, nahm sein Vetter Aranil seinen Platz ein. Wohl hatte Aranil den Tod des Fürsten lange herbeigesehnt. So hatte er dem Schützen den tödlichen Freipfeil gereicht - in dem vollen Wissen, was geschehen würde. Nun wandte er sich gegen Ciros, während dieser noch um seinen toten Herrn trauerte. Allzu einfach war es, in ihm den Schuldigen zu sehen.

Erst als Aranils Schergen ihn ergriffen, erkannte Ciros, dass er betrogen worden war. Seine Trauer wandelte sich zu Hass und Zorn. Mit wüsten Worten verfluchte er Aranil. Lachend ließ ihn dieser in das Verlies des Stammfürstensitzes werfen, der nun ihm gehörte.

In der Finsternis seiner Zelle dachte Ciros über das nach, was geschehen war. Sein Hass auf Aranil wuchs ins Unermessliche, doch suchte er die Schuld am Tod seines Herrn nicht allein bei diesem. Misael, der Herr der Schattenjagd, hatte den Pfeil verzaubert, er selbst hatte ihn geschossen.

Dort schwor Ciros einen heiligen Eid, nicht eher zu ruhen, bis alle Schuldigen zur Rechenschaft gezogen worden wären. Mit diesem Vorsatz entkam er aus dem Verlies, indem er die Wachen tötete. Doch wandte er sich nicht sogleich Aranil zu, sondern floh er zunächst in die Wildnis, um seinen Rachefeldzug vorzubereiten.

Aranils Schergen verfolgten ihn. Wieder und wieder stellte er sich ihnen zum Kampf, bis er schwer verletzt in einer Tropfsteinhöhle Zuflucht fand. Dort brach er entkräftet zusammen. Dort wäre er wohl auch seinen Verletzungen erlegen, hätte sich nicht ein alter Jäger aus den Wäldern, der zufällig des Weges kam, seiner angenommen.

Der Jäger versorgte Ciros' Wunden und wachte über ihn, während er schlief. Als Ciros dann erwachte und sich neben einem Unbekannten wiederfand, fragte er seinen Retter nach dessen Namen.

»Meinen Namen habe ich vor langer Zeit verloren«, erwiderte der Jäger. »Doch Ihr könnt mich Narvanros nennen.«

Ciros dankte dem Mann. Mehr noch, als dieser bei ihm blieb, um ihn gesund zu pflegen. So wurde die Tropfsteinhöhle für einige Zeit ihrer beider Zuhause. Oftmals kamen die beiden auch miteinander ins Gespräch. So kam es, dass Ciros seinem Retter eines Abends von seinen Rachegelüsten erzählte.

»Nichts Gutes kommt von Rache«, erwiderte Narvanros. »Umso vergeblicher ist sie, sucht Ihr sie an Wesen wie Misael. Nur noch mehr Kummer wird aus Eurem Ansinnen erwachsen…«

Dadurch ließ Ciros sich keineswegs entmutigen. Da Narvanros sah, wie ernst es ihm war, bot er ihm wider besseren Wissens seine Hilfe an. Von vielem hatte der seltsame Mann Kenntnis. So erklärte er Ciros, dass Dämonen wie Misael nur mit einer geweihten Waffe, wie sie etwa die Almári herzustellen vermochten, zu bezwingen seien. Mit dem Versprechen eine solche Waffe für ihn aufzutreiben, verließ er Ciros.

Viele Monate lebte Ciros nun in der Einsamkeit der Wildnis, während er auf die Rückkehr seines Retters wartete. Dort schulte er tagtäglich seine Fähigkeiten, um der Aufgabe gewachsen zu sein, die ihm bevorstand.

Auch ohne verzauberte Pfeile wurde er zu einem Bogenschützen, wie es nur wenige auf der Welt gab. Er lernte, sich leise und flink durch den Wald zu bewegen, wie nur Tiere es konnten.

Nach drei Jahren kehrte Narvanros dann endlich zu Ciros zurück. Mit sich brachte er einen Köcher voller Pfeile, die von den Almári gesegnet worden waren. Und doch versuchte er einmal mehr, Ciros von seinem Vorhaben abzubringen.

Doch dieser ließ sich nicht beirren. So bedankte er sich bei Narvanros und brach auf, um sich zunächst Aranils anzunehmen.

Er fand den betrügerischen Stammesfürsten in einem Wirtshaus, wo dieser mit seinen Taten prahlte. Freilich hatte Aranil den jungen Ciros längst vergessen. Zudem waren die Jahre in der Wildnis nicht spurlos an diesem vorübergegangen.

Freundlichkeit heuchelnd sorgte Ciros dafür, dass Aranil betrunken wurde. Dann führte er diesen weg von seinem Gefolge allein in den Wald hinaus. Erst dort offenbarte er seinem Gegenüber, wer er war.

Da bekam Aranil es mit der Angst zu tun. Vergeblich versuchte er zu fliehen. Als ihm dies nicht gelang, versuchte er Ciros mit Worten milde zu stimmen. Doch auch damit hatte er keinen Erfolg.

So trieb ihn dieser zurück zur Wolfsklamm, wo die beiden Jahre zuvor Misael beschworen hatten.

»Ich brauche Euch, um den Herrn der Schattenjagd herbeizurufen«, erklärte Ciros, als sie den Grund der Klamm erreicht hatten.

»Misael wird nicht ohne ein Blutopfer erscheinen«, erwiderte Aranil.

»Ihr werdet mein Opfer sein«, erwiderte Ciros. Unter einem Zährenholzbaum schnitt er dem Stammesfürsten die Kehle durch.

Während Aranil röchelnd sein Leben aushauchte, sprach Ciros die Beschwörungen, um den Herrn der Schattenjagd herbeizurufen. Und schon löste sich eine finstere Gestalt aus der Nacht, um sich an dem vergossenen Blut zu laben.

»Erneut riefst du mich herbei, um deine Wünsche zu erfüllen«, erklang eine tiefe Stimme aus der Finsternis. »Sprich: Was ist es, das du begehrst?«

»Deinen Tod, Schattengeschöpf«, erwiderte Ciros. Damit schoss er einen geweihten Pfeil nach der Dunkelheit.

Ein erboster Schrei erschütterte die Klamm, gefolgt von einem grausamen Lachen. »Du forderst mich heraus, elender Sterblicher? So sei es!«

Dem Schatten entsprang ein Pfeil, der Ciros' Brust durchbohrte. Den Tod vor Augen verschoss der junge Mann auch seine übrigen Pfeile, bis Misael verwundet das Weite suchte.

Als der Schatten schwand, trat Narvanros in die Wolfsklamm. Wohl versuchte er, Ciros' Leben ein weiteres Mal zu retten, doch waren seine Mühen vergebens.

So starb der mutige Schütze, ohne seinen heiligen Eid erfüllt zu haben. Dadurch fand er auch im Tod keinen Frieden. Als bleiche Geistergestalt streifte er weiterhin durch die Wälder Theladiens, auf der immerwährenden Suche nach dem Dämon Misael, um sein Werk zu vollenden.

Oftmals trafen der Herr der Schattenjagd und der Bleiche Jäger in pechschwarzen Neumondnächten aufeinander und das Klirren ihrer Waffen tönte durch den finsteren Wald.

Der Mondhirsch

In Nyktaven lebte einst ein Mann mit dem Namen Zerwoth. Durch Handel mit Nah und Fern war er zu großem Wohlstand gelangt und in der ganzen Stadt geachtet und beliebt.

Nun hatte Zerwoth eine junge Tochter namens Moregha. Oftmals hielten die Söhne reicher Bürger oder sogar Adeliger um deren Hand an, denn sie war nicht nur außerordentlich schön, sondern auch gebildet. Doch Moregha wollte von ihren Verehrern nichts wissen.

So kam es, dass sie ein junger Adeliger, den sie verschmäht hatte, entführen ließ. Da Moregha ihm jedoch nur Schwierigkeiten bereitete, schickte er sie weit fort, wo sie in die Hände übler Menschen geriet.

Als nun Zerwoth bemerkte, dass seine Tochter verschwunden war, suchte er die ganze Stadt nach ihr ab. Zu diesem Zwecke warb er sogar unzählige Söldner an, doch hatten die Entführer seiner Tochter ihre Spuren so gut verwischt, dass jede im Sand verlief.

In seiner wachsenden Verzweiflung wandte sich Zerwoth schließlich an die Götter. Wie viele vor ihm suchte er also den großen Göttertempel von Nyktaven auf. Da er vom Volk der Nyktaren abstammte, das vor allen anderen den Feuergott Olion verehrte, verbrachte er Tag und Nacht vor dessen Standbild und bat den Gott um ein Zeichen.

Nun geschah es, dass eine Priesterin Olions auf den verzweifelten Vater aufmerksam wurde. Mit freundlichen Worten versuchte sie diesem Trost zu spenden, als sie eine Offenbarung ereilte.

»In der nächsten Nacht sollt Ihr auf die Jagd in den Wäldern im Norden gehen«, sprach sie. »Das erste

Tier, das Ihr erspäht, sollt Ihr nicht töten, sondern folgen sollt Ihr ihm, bis es den Mond in aller Pracht auf seinem Haupte trägt. Dort werdet Ihr finden, wonach Ihr sucht.«

Der Händler dankte der Priesterin für ihren Rat. So sammelte er dann ein kleines Gefolge um sich und ritt des Nachts in den Wald, der sich nördlich von Nyktaven zu den Bergen des Morgens hin erstreckte.

Dort erspähte er im Licht der Sterne einen prächtigen weißen Hirsch. Wie die Priesterin ihn geheißen hatte, folgte er dem Tier. Der Hirsch jedoch entschwand im Unterholz. Schon wollte Zerwoth die Jagd aufgeben, als er am Rande des Waldes erneut denselben weißen Hirsch erblickte.

Beherzt nahm er erneut die Verfolgung auf. Viele Wochen lang blieb er dem Hirsch auf der Spur, die ihn durch die Fürstentümer Erbariors führte. Wann immer er das Tier aus den Augen verlor, tauchte es wenig später wieder auf.

In den Wäldern Theladiens dann, unweit der Stadt Tin Carat, sah Zerwoth eines Nachts den Vollmond über dem Haupt des Hirsches aufgehen. Beinahe schien es ihm, das Tier trüge den Mond auf seinem Geweih.

Damit hatte sich die Offenbarung der Priesterin erfüllt. So suchte Zerwoth also die nahen Wälder nach seiner Tochter ab. Da er sie jedoch nirgendwo fand, begab er sich am nächsten Morgen nach Tin Carat, um sich dort nach ihr umzuhören.

Tatsächlich kamen ihm Gerüchte zu Ohren, wonach eine Frau, auf die die Beschreibung passte, vor nicht einmal einer Woche in den Palast des Fürsten gebracht worden sei.

Nun warnten die Menschen Zerwoth vor Tharwin, dem Fürsten von Theladien, der mit dem Blutschattenkult im Bunde stand. Schon oft waren Menschen - vor allem junge Frauen - im Fürstenpalast verschwunden, um nie wiederzukehren. Hinter vorgehaltener Hand munkelten viele, der Fürst würde sie dort als Opfer für den Gott des Blutschattens darbringen.

Mit wachsendem Grauen lauschte Zerwoth diesen Geschichten. Dennoch wurde er bei Tharwin vorstellig. Tatsächlich machte der Fürst kein Hehl daraus, dass sich Moregha in seiner Gewalt befand. Er verhöhnte den Vater sogar mit grausamen Anspielungen von Folter und Verstümmelung, ehe er ihn aus dem Palast werfen ließ.

Doch der Fürst hatte Zerwoth unterschätzt. Von der Liebe zu seiner Tochter und der Wut auf Tharwin beflügelt, gab dieser sich nämlich nicht geschlagen.

In Windeseile warb der wohlhabende Händler alle Söldner an, die in Tin Carat und der Umgebung der Stadt zu finden waren. Mit geschickter Rede versicherte er sich zudem der Unterstützung des Volkes, das schon so lange unter dem Blutschattenkult gelitten hatte. Es gelang ihm sogar, einen Teil der Stadtwache für seine Sache zu begeistern.

Bereits am nächsten Abend stürmte Zerwoth mit seinen Verbündeten den Fürstenpalast. Es kam zum Kampf mit den Streitkräften des Fürsten, doch blieb der Händler siegreich. So gelang es ihm nicht nur seine eigene Tochter vor Tod und Folter zu bewahren, sondern auch viele andere, die sich in der Gewalt des Fürsten befunden hatten.

Schließlich stellte er Tharwin selbst und warf ihn nieder. Während der entmachtete Fürst in sein eigenes Verlies geworfen wurde, feierte das Volk Zerwoth als Befreier. Ja, die Menschen von Tin Carat erhoben den Händler sogar zu ihrem neuen Fürsten. Das gefiel diesem so gut, dass er sich dazu entschied, in Tin Carat zu bleiben.

Es dauerte nicht lange, bis diese Sache Xerélia der Dritten, die damals als Königin über Erbarior herrschte, zu Ohren kam. Dass einer ihrer Fürsten ohne ihr Zutun abgesetzt worden war, gefiel der Königin freilich keineswegs. Also machte sie sich auf den Weg nach Tin Carat, um dort nach dem Rechten zu sehen.

Als sie von Zerwoth erfuhr, was geschehen war, empfing sie ihn mit Wohlwollen. Sie erhob ihn in den Adelsstand und ernannte ihn, dem Willen des Volkes folgend, zum neuen Fürsten von Theladien.

Den Hirsch, in dessen Geweih der Vollmond lag, erwählte sich Zerwoth zum Wappen seines Hauses, hatte dieser ihn doch an den Ort seiner Bestimmung geführt.

Der Blutfluss

Als die ersten Menschen nach Theladien kamen, war das Land von düsteren Wäldern bedeckt, in denen allerlei Schrecknisse umgingen. Nur wenige der Siedler wagten es, sich weiter als einige Meilen von den sicheren Ufern des Flusses Amnua zu entfernen.

Nun kam es, dass sich einige Menschen an der Mündung eines Zuflusses der Amnua niederließen, der aus den Wäldern im Norden hervorströmte. Dort lebten sie von dem, was Wald und Fluss ihnen gaben.

Eines Tages wurde das Wasser des Flusses so rot wie Blut. Zur selben Zeit brach unter den Siedlern eine schreckliche Krankheit aus. Da viele einen Zusammenhang zwischen dieser Krankheit und der Farbe des Flusses sahen, zogen sie mit all ihrem Hab und Gut von dannen, um weiter im Westen eine Heimat zu finden.

Andere blieben - wenige nur, weil sie es so wollten, die meisten, da sie keine andere Wahl hatten. Unter diesen befand sich eine Frau mit dem Namen Giramis. Früh hatte sie ihre Eltern verloren, sodass sie für ihre jüngere Schwester - ein Mädchen von zwölf Jahren - sorgen musste. Nun war diese ebenso wie viele andere erkrankt.

Da Giramis großes Wissen um die Kräuterkunde hatte, versuchte sie vieles, um ihre Schwester wieder gesund zu machen. Heimtückisch und bösartig war die Krankheit jedoch durch nichts zu bezwingen. Mehr Fluch als Seuche wäre sie, munkelten da manche.

Am Ende ihrer Weisheit suchte Giramis Hilfe bei den Waldgeistern, die jenseits des Flusses lebten. Wenig hatten diese für Menschen übrig, doch hatte das Übel, das den Fluss befallen hatte, auch sie in Mitleidenschaft gezogen. Wohl wussten sie, wo dessen Quelle lag, doch waren sie durch ihr Wesen an den Ort gebunden, an dem sie geboren worden waren. So waren sie der Fremden nun gewogen, die ihr Reich betrat.

Als Giramis die Geister um Rat fragte, antworteten diese: »Heilung wird dir nur das Wasser desselben Flusses bringen, der nun den Tod in sich trägt. Vom Rot wirst du es befreien müssen, wenn du deine Schwester retten willst.«

Wenngleich Giramis diese Worte rätselhaft erschienen, befolgte sie den Rat der Waldgeister. So schulterte sie Bogen und Köcher, nahm einen Jagdspieß zur Hand und machte sich auf den Weg in die Wildnis.

Tagelang folgte sie dem Flusslauf nach Norden, um die Quelle des Übels zu finden. Immer wieder stieß sie auf Tiere, die unter derselben Krankheit litten, die auch ihre Mitmenschen heimsuchte. Viele waren auf grauenhafte Weise verendet.

Je weiter sie kam, desto gefährlicher wurde das Land. Raubtiere suchten die Wälder heim und Ungeheuer aus dem nahen Gebirge, das bereits über den Wipfeln der Bäume zu sehen war. Doch auch die wildesten Geschöpfe mieden die Nähe des besudelten Flusses.

Schließlich erreichte Giramis den Ort, an dem der Fluss im Schatten einer hohen Felswand dem Schoß der Erde entsprang. Was sie dort sah, verschlug ihr den Atem. Ein Großteil der umliegenden Wälder war niedergebrannt worden. Das ganze Tal war mit zerbrochenen Felsen und umgeknickten Bäume übersät.

An der Felswand jedoch, die über der Quelle aufragte, hing ein gewaltiges Ungeheuer. Seine ausladenden Schwingen und die mit langen Klauen versehenen Beine waren von mächtigen Baumstämmen durchbohrt an den Felsen geheftet worden. Der echsenhafte, von Hörnern gekrönte Kopf ruhte leblos auf einem Felsvorsprung. Rotes Blut tropfte unaufhörlich aus zahlreichen Wunden am ganzen Körper in das darunter dahinströmende Wasser.

Nun riet die Vernunft Giramis sofort umzukehren. Und doch verharrte die junge Frau. Schließlich nahm sie all ihren Mut zusammen und näherte sich dem Geschöpf. Da schlug dieses seine großen, gelben Augen auf.

»Welch unerwarteter Gast«, knurrte es schwer atmend mit dröhnender Stimme. »Verzeiht mir, dass ich Euch nicht angemessen begrüßen kann…«

Verwundert vergaß Giramis ihre Furcht. »Wer oder was seid Ihr?«, fragte sie das Geschöpf.

»Ich bin ein Nisa Disharan«, entgegnete dieses angestrengt. »Ihr Menschen nennt uns Drachen…«

Von Drachen hatte Giramis wohl gehört, gesehen hatte sie, wie die meisten Menschen ihrer Zeit, jedoch nie einen. »Wer hat Euch so zugerichtet?«, wollte sie wissen.

»Es war ein Dämon, der in diesen Wäldern hauste«, erklärte der Drache. »Zwar vermochte ich ihn niederzuringen, doch verfluchte er mich mit seinem letzten Atemzug, auf dass mein Blut allem Leben den Tod bringe, bis ich erlöst werde. Nun liege ich seit

Wochen im Sterben, doch die Erlösung lässt auf sich warten…«

Da erkannte Giramis, dass das Blut des Drachen für die Krankheit verantwortlich war, die den Fluss befallen hatte. Als sie diesem davon berichtete, war seine Verzweiflung groß. Größer noch als sein Schmerz.

»Ich habe eine Bitte an Euch«, sprach er da. »Tötet mich und macht diesem Übel ein Ende…«

Giramis weigerte sich jedoch, diesem Wunsch nachzukommen. Seiner Erscheinung zum Trotz schien ihr dieses Geschöpf nicht bösartig zu sein. Und so versuchte sie, es aus seiner misslichen Lage zu befreien. Doch wie sehr sie sich auch abmühte, es gelang ihr nicht, die Baumstämme, die den Drachen am Felsen hielten, herauszureißen. Schlussendlich war sie nur ein Mensch.

In Gedanken an ihre Schwester und all die anderen, die unter dem Fluch des Blutes litten, entschloss sie sich dann schweren Herzens, den letzten Wunsch des Drachen zu erfüllen. Mit aller Kraft trieb sie ihren Jagdspieß in das Herz des Geschöpfes. Dankbarkeit stand in dessen Augen, als es seinen letzten Atemzug tat.

Mit dem Leben des Drachen schwand auch der Fluch. Das Blut gerann und das Wasser des Flusses wurde wieder rein. Als Giramis zu ihrer Schwester zurückkehrte, fand sie diese und all die anderen genesen vor.

Der Fluss aber wurde, wiewohl er nun geläutert war und weder Tod noch Blut mit sich brachte, von den Einheimischen Sarelun genannt, was in der Sprache der Gelehrten »Blutfluss« bedeutet.

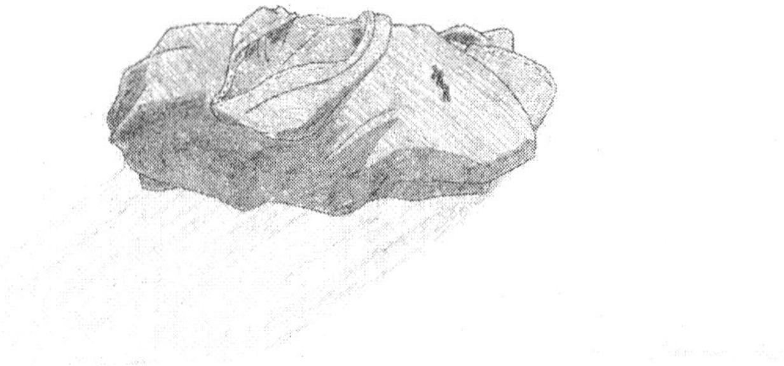

Der erste Grünmantel

Es begab sich, dass die Drachen aus dem Norden mit Feuer und Tod über das Reich des Herrn der Finsternis herfielen. Also entsandte dieser seine Truppen, um den Feind zurückzuschlagen und die Völker der Menschen zu schützen, die unter seiner Herrschaft lebten.

Die Krieger im Heer des Herrn der Finsternis waren Wesen göttlichen Ursprunges, doch konnten selbst sie dem Drachenfeuer nicht lange standhalten. Es gab aber auch Menschen, die sich den Truppen anschlossen und im Krieg der Flammen kämpften, wenngleich sie dem übermächtigen Feind wenig entgegenzusetzen vermochten. Und doch ließen es sich diese tapferen Männer und Frauen nicht nehmen, ihre Heimat mit ihrem eigenen Blut und Schweiß zu verteidigen.

Unter diesen war eine junge Frau namens Phadane. Sie kämpfte in unzähligen Schlachten gegen die Drachen und verlor viele ihrer Freunde und Gefährten im Feuer des Krieges. All der Gräuel zum Trotz wandte sie dem Schlachtfeld nie den Rücken zu, bis sie eines Tages im Kampf schwer verletzt wurde.

Dem Tode nahe wäre sie ihren Wunden wohl erlegen, hätte sich nicht Almanas, einer der göttlichen Heiler des Heeres, ihrer angenommen. Nur mit Hilfe von Kräutern und Salben vermochte er es, ihren zerschundenen Körper beinahe vollständig wiederherzustellen.

Aus tiefer Dankbarkeit und Bewunderung für ihren Retter bat Phadane diesen darum, sein Wissen mit ihr zu teilen. Obwohl Almanas es für Verschwendung hielt, Sterbliche in seine Künste einzuweihen, konnte er ihr diesen Wunsch doch nicht abschlagen. Zu wenige seiner Mitstreiter verstanden sich auf die Heilkunst.

So kam es, dass Phadane den Heiler zwischen den Kämpfen immer wieder aufsuchte, um von ihm zu lernen. Vieles brachte er ihr bei, denn sie war eine gelehrige Schülerin. Dort erfuhr Phadane auch, dass ihr Lehrmeister selbst die Heilkunst von einem Weisen aus den Bergen gelernt hatte, dessen Wissen das seine um ein Vielfaches übertraf.

Nun kam es, dass Almanas in einer Schlacht von einem Drachen getötet wurde und Phadane seinen Platz einnahm. Bald schon musste diese jedoch erkennen, dass sie ein schlechter Ersatz für ihren Meister war. Zu lückenhaft war ihr Wissen und ihr Mut sank mit jedem Verwundeten, der unter ihren Händen starb.

So ließ sie dann das Schlachtfeld hinter sich, um sich auf die Suche nach jenem Weisen zu machen, der Almanas ausgebildet hatte. Schwer schmerzte es sie, ihre Kampfgefährten im Stich zu lassen, doch wusste sie wohl, dass sie diesen von größerem Nutzen sein würde, hätte sie ihre Heilkünste erst vervollkommnet.

Nach wochenlanger Reise gelangte Phadane ins Mondgebirge, wo der Weise sein Zuhause hatte. Tagelang durchirrte sie auf der Suche nach ihm Gipfel und Täler. Verzweiflung bemächtigte sich ihrer, ebenso wie Hunger und Durst. Am Ende ihrer Kräfte gelangte sie an einen einsamen See in den Wäldern am Rand der Berge.

Dort fand der Weise sie. Groß war seine Verwunderung, dass sie es bis an diesen Ort geschafft hatte.

Als sie ihn bat, sie zu unterrichten, lehnte er ihr Ansinnen nicht ab. Er sah, dass sie reinen Herzens und bereit war, das Schwert gegen die Werkzeuge eines Heilers einzutauschen.

So erlernte Phadane viele Jahre lang die Feinheiten der Heilkunst. Oftmals wurde ihre Geduld in die Waagschale geworfen, sehnte sie sich doch danach, möglichst schnell dorthin zurückkehren zu können, wo ihr Können gebraucht wurde. Dennoch hielt sie allen Versuchungen stand.

Im siebenten Jahr ihrer Ausbildung befand der Weise dann, dass sie bereit war, in die Welt hinauszuziehen. Er hüllte sie in einen grünen Mantel und verschloss diesen mit einer silbernen Anstecknadel in der Gestalt einer Schlange, die sich um einen Stock wand. Dann sagte er zu ihr: »Dies sei fortan dein Zeichen und das Zeichen der deinen. Weise niemanden ab, der deiner Hilfe bedarf, weise niemanden ab, der dich darum bittet, an deinem Wissen teilzuhaben. Allein wirst du wenig erreichen, doch schon bald werden der deinen viele sein.«

Mit diesem Auftrag und dieser Weissagung kehrte Phadane in das vom Krieg zerrüttete Land zurück. Und sie nahm sich der Krankheiten und Gebrechen der Menschen an – nicht nur jener Menschen, die für die Verteidigung ihrer Heimat ihr Blut ließen, sondern auch jener, die verteidigt wurden.

Bald schon war sie weit und breit als Grünmantel bekannt. Auch gab es viele, die sich ihr aus Dankbarkeit oder Bewunderung anschlossen und ihre Künste erlernen wollten. Allzu unkundig waren die Sterblichen in jener Zeit.

Wie sie dem Weisen versprochen hatte, nahm Phadane jeden auf, der von ihr lernen wollte. Und niemals mehr griff sie zum Schwert. Da sie jedoch oftmals auf Schlachtfeldern umging, war es wenig verwunderlich, dass sie auf einem solchen schließlich den Tod fand.

Ihr Andenken aber wurde von ihren zahlreichen Schülern und deren Schülern in Ehren gehalten. Stets trugen sie grüne Gewänder und das Zeichen der sich windenden Schlange. Immer waren sie auf den Schlachtfeldern der Welt zu finden, wo sie den Verwundeten Heilung und Linderung brachten.

Der Schatz des Irren Almars

In den Wäldern Theladiens lebte einst ein Fallensteller mit seiner Gattin und seinem Sohn. Dieses Kind, das den Namen Rhunir trug, fand schon früh wenig Gefallen am Leben in der Wildnis. Allzu mühsam erschien es ihm, Tieren nachzustellen und von den Früchten des Waldes zu leben.

So zog Rhunir dann im Alter von sechzehn Jahren aus, um sein Glück zu suchen. Es verschlug ihn nach Tin Carat, wo er in den Dienst eines reichen Händlers trat. Dieser behandelte ihn gut und entlohnte ihn angemessen für seine Dienste, doch strebte der junge Mann nach mehr. Er hatte sich nämlich in Delori, die Tochter des Händlers, verliebt.

Freilich wollte diese nichts von dem ärmlichen Gehilfen ihres Vaters wissen. Berechnend wie sie war, sah sie in Rhunir jedoch eine Gelegenheit. Längst wollte sie das Heim ihrer Eltern verlassen, doch mangelte es ihr an den nötigen Mitteln und dem Willen, dafür zu arbeiten.

Einst hatte sie von einem Freund ihres Vaters, der als Händler durch die ganze Welt reiste, einen seltsamen Spiegel erworben. Dieser hatte einst einem dem Wahnsinn verfallenen Almar gehört und zeigte nicht das Antlitz desjenigen, der davor trat, sondern den Ort, an dem sein ehemaliger Besitzer seine Reichtümer versteckt hatte. So blickte Delori darin Tag für Tag in die Tiefen einer Höhle unter einem der schroffen Gipfel des Höllengebirges hinein.

Nun hatte sie so manchem ihrer vielen Verehrer vom Schatz des Irren Almars erzählt, in der Hoffnung, jemand würde ihn für sie bergen. Doch fand sie niemanden, der wagemutig genug war, in jene Höhle hinabzusteigen. Denn die Einheimischen mieden das Höllengebirge, in dessen unwegsamen Tälern zahlreiche grässliche Ungeheuer hausten.

Als Delori nun jedoch dem jungen Rhunir von dem Schatz erzählte, versprach ihr dieser, danach zu suchen, in der Hoffnung, die Gunst der Händlertochter zu erringen.

So nahm der junge Mann sich also Urlaub und machte sich auf den Weg in die Berge. Wohl warnte man auch ihn mehrmals vor den zahlreichen Ungeheuern, die dort hausten, doch missachtete er, von seiner Liebe zu Delori geblendet, jede Gefahr.

Allein und nur mit einem Wanderstock bewaffnet, stieg er in das Höllengebirge hinauf. Zwar mangelte es ihm nicht an Mut, doch als ihn die Nacht zwischen den kahlen Felsen ereilte und schaurige Schatten sein Lager umschlichen, wurde ihm angst und bange. Noch ehe der Morgen angebrochen war, machte er kehrt.

Nun war Rhunir zwar sehr entmutigt, doch wollte er sein Ansinnen nicht aufgeben. Wohl sah er ein, dass er auf sich gestellt nicht weit kommen würde. In einem Wirtshaus am Wegesrand kam er mit einigen Söldnern ins Gespräch.

Bei viel Honigwein versprach der jungen Mann den Söldnern einen Anteil an dem Schatz, der im Gebirge lag, wenn sie ihn nur dorthin begleiten und ihm bei der Bergung helfen würden. Nach einiger Überredung willigten die Söldner ein und so stieg Rhunir gemeinsam mit ihnen am nächsten Morgen erneut ins Gebirge hinauf.

Drei Tage lang irrte die Truppe durch die unwegsamen Höhen. Ein halbes Dutzend Männer fand dabei den Tod, doch war die Aussicht auf Reichtum zu verlockend, um die anderen zum Umkehren zu bewegen. Schließlich fanden sie unter Rhunirs Führung tatsächlich den Eingang zum Versteck des Schatzes.

Überglücklich war der junge Mann, glaubte er doch nun endlich die Liebe seiner Angebeteten erlangen zu können. Seine Freude währte nur nicht lange, fand er unter allerlei Gold, Edelsteinen und seltsamen silbernen Gerätschaften doch einen Spiegel wie den Deloris. Darin erblickte er seine Geliebte, die in diesem Augenblick in Tin Carat in den Armen eines anderen lag.

Doch auch Rhunirs Entsetzen war nur von kurzer Dauer. Nun, da sie seiner nicht mehr bedurften, zeigten die Söldner ihr wahres Gesicht. Hinterrücks schlugen sie den jungen Mann nieder. Nachdem sie ihn an einen Baum vor der Höhle gefesselt hatten, schafften sie eilends ihre Beute fort.

Als Rhunir zu sich kam, war er allein. Wut machte sich in ihm breit, als er erkannte, dass er betrogen worden war. Nachdem er vergeblich versucht hatte, sich von den Fesseln zu befreien, vergoss er bittere Tränen. Schließlich wichen Zorn und Trauer einer großen inneren Leere. So wartete er auf das Kommen der Nacht und die Ungeheuer, die diese mit sich brachte.

Unter dem Blutmond umkreisten dunkle Schatten fauchend den Baum, doch Rhunir weinte nicht mehr, hatte er sich doch bereits mit seinem Los abgefunden.

Da trat eine gekrümmte Gestalt aus dem Kreis der Ungeheuer hervor. Für einen beinahe überirdisch hübschen jungen Mann hätte man ihn halten können, wäre da nicht sein wirrer Blick gewesen. Der Irre

Almar war gekommen, um nach seinem Schatz zu sehen.

»Wie ich sehe, fürchtest du den Tod nicht, Dieb«, krächzte der Almar kichernd. »Dein Mut soll belohnt werden, ehe du diese Welt verlässt. So sage mir: Was ist dein Wunsch?«

»Die, die mich hier zurückgelassen haben, sollen diese Berge nicht mehr verlassen«, erwiderte Rhunir tonlos. »Keine Freude sollen sie an Eurem Schatz finden.«

»So wird es sein«, kicherte der Irre Almar, bevor er die Zähne fletschte wie ein wildes Tier.

So starb Rhunir durch die Klauen und Zähne der Ungeheuer, doch sein letzter Wunsch ging in Erfüllung.

Die Söldner hatten ganz in der Nähe ihr Lager inmitten eines kleinen Talkessels aufgeschlagen. Während sie sich ihrer Beute erfreuten, vernahmen sie ein mächtiges Grollen. Ehe sie sich auch nur darüber wundern konnten, brach ein Berg über ihnen zusammen und begrub sie mitsamt der gestohlenen Reichtümer unter sich.

Einem einzigen, der keinen Anteil an dem Verrat an Rhunir gehabt und den Schatz nie berührt hatte, gelang die Flucht. Hungrig und zerschunden stieg er ins Tal hinab und erzählte, was geschehen war. So machten sich auch in den darauffolgenden Jahrhunderten viele auf die Suche nach dem Schatz des Irren Almars, doch fand keiner etwas anderes als den Tod.

Der Spiegel aber, der im Haus des Händlers in Tin Carat hing, zeigte von da an nichts weiter als dunkle Schwärze.

Fulviras Maske

In den unzugänglichen Sümpfen des Landes Deserior lebte einst eine Frau namens Fulvira. Von dem mächtigen Almar Kulmo stammte sie ab und einst war sie selbst eine einflussreiche Dienerin des Herrn der Finsternis gewesen. Nun führte sie bereits seit Jahrhunderten ein kümmerliches Dasein in der Einsamkeit des Ödlandes. Zorn und Trauer, Verzweiflung und Hass auf die Welt hatten sie nahezu in den Wahnsinn getrieben.

Als sich nun eines Tages ein Fremder nach Deserior verirrte, verführte sie ihn, denn immer noch war sie eine ansehnliche Frau, die den weltlichen Begierden nicht abgeneigt war. Bald wurde sie ihres Spielzeuges jedoch überdrüssig, sodass sie ihren Liebhaber auf grausame Art und Weise tötete.

Doch blieb diese Begegnung nicht ohne Folgen, denn Fulvira wurde schwanger und trug einen Sohn aus. Sie hasste dieses Kind, noch ehe es das Licht der Welt erblickte. Keinen Namen gab sie ihm, doch zog sie es auf in dem Glauben es mochte sich dereinst als nützliches Werkzeug erweisen.

Wenngleich Fulvira ihren Sohn quälte und misshandelte, gab sich dieser nicht dem Hass und der Verzweiflung seiner Mutter hin. Er wuchs zu einem stattlichen Mann heran und je älter er wurde, desto mehr begann er sich nach einem Leben jenseits der Sümpfe, weitab seiner Mutter zu sehnen.

So stahl er sich dann eines Tages davon. Außer sich vor Wut nahm Fulvira die Verfolgung auf. Wie ein schrecklicher Sturm brach sie aus der Ödnis hervor – von Blitzen umzuckt und von einem wilden Sturmwind umweht. Allein der Gedanke, ihr Sohn würde irgendwo das Glück finden, das ihr verwehrt geblieben war, trieb sie in den Wahnsinn.

Als Fulvira in das Königreich Umenach gelangte, erkundigte sie sich bei den Einheimischen nach ihrem Sohn. Wer ihr keine zufriedenstellende Antwort geben konnte, starb. So kam es, dass unzählige kleine Dörfer ausgelöscht wurden.

Schließlich geriet sie dann mit Arcaya, der Königin von Umenach, und deren Sohn Arinos aneinander. Da beide der Heiligen Künste mächtig waren, kam es zu einem gewaltigen Kampf. Wohl überwand Fulvira ihre Feinde, doch kämpften diese so tapfer, dass sie es mit der Angst zu tun bekam.

Verletzt und gebrochen gab sie die Suche nach ihrem Sohn auf und kehrte in die Wildnis Deseriors zurück. Dort quälte sie sich viele Jahrzehnte lang mit ihrem wachsenden Wahnsinn. Schließlich formte sie aus scharfkantigem Stahl eine Halbmaske, in die sie jenen Teil ihres Seins verbannte, der von Hass, Wut und Verzweiflung zerrissen war.

Auf diese Weise befreite Fulvira ihren Geist vom Wahnsinn und fand zurück zu einer inneren Ruhe, die sie seit Jahrhunderten nicht mehr verspürt hatte. All die übersprudelnden schlechten Gefühle waren Gleichgültigkeit und Frieden gewichen.

Dennoch wagte Fulvira es nicht, die Abgeschiedenheit der Wildnis hinter sich zu lassen. Sieben Jahre, nachdem sie ihren Wahnsinn überwunden hatte, kehrte ihr Sohn nach Deserior zurück.

Kulgaro nannte er sich nun und er war nicht allein, denn bei ihm waren seine Gattin Nuriona und seine Tochter Mureiya, ein Mädchen von sieben Jahren. In den Jahren seiner Abwesenheit hatte Kulgaro erkannt, dass er keinen Frieden finden würde, ehe er sich mit seiner Mutter versöhnt hätte. Umso überraschter war er nun, sie so verändert vorzufinden.

Denn Fulvira bat ihren Sohn aufrichtig um Verzeihung dafür, wie sie ihn behandelt hatte. Um die verlorenen Jahre aufzuholen und die Untaten, die sie an ihm begangen hatte, wieder gut zu machen, überredete sie Kulgaro eine Weile mit seiner Familie bei ihr zu bleiben. Milde, wie er war, ging dieser darauf ein.

Doch gerade, als sich tatsächlich alles zum Guten zu wenden schien, geschah ein großes Unglück. Wohl hatte Fulvira ihren Wahnsinn erfolgreich in die stählerne Maske verbannt. Doch rief diese beständig nach ihr und versuchte, ihren Verstand zu vergiften.

So geschah es dann auch, dass Fulvira diesem Ruf eines Nachts nicht länger standhalten konnte. In dem Augenblick, in dem sie die Maske berührte, kehrte ihr altes Selbst zurück.

Blind vor Hass tötete sie ihre Schwiegertochter Nuriona im Schlaf. Als sie sich dann ihrer Enkelin Mureiya zuwandte, trat ihr Sohn dazwischen. Gewaltig war der Kampf der beiden, denn in den Jahren seiner Abwesenheit war Kulgaro mächtig in den Heiligen Künsten geworden. Zugleich verliehen ihm Trauer und Zorn gewaltige Kräfte, sodass es ihm schließlich gelang, seine Mutter niederzustrecken.

Groß war seine Verzweiflung, als er über der Leiche seiner Mutter stand, größer noch, als er auf jene seiner Gattin hinabblickte. Nachdem er die beiden beerdigt hatte, nahm er die verfluchte Maske und, da seine Kraft nicht ausreichte, sie zu zerstören, versiegelte er sie im Inneren eines Berges, auf dass der Wahnsinn seiner Mutter niemals wieder Unheil anrichten möge.

Von der Trauer gepeinigt blieb Kulgaro mit seiner Tochter in der Wildnis. In dunklen Augenblicken suchte er die Maske seiner Mutter auf, um mit ihr zu sprechen und sie um Vergebung zu bitten. Mureiya aber verbot er, sich dem Berg zu nähern, fürchtete er doch den Einfluss, den die Maske auf seine Tochter ausüben mochte.

Nun wuchs Mureiya über die Jahre zu einer selbstbewussten jungen Frau heran, die das Leben in der Wildnis mehr und mehr leid wurde. Auch die beständigen Mahnungen und Verbote ihres Vaters trugen zu ihrer Unzufriedenheit bei. So missachtete sie diese eines Tages und folgte dem Pfad in den Berg, in dem die Maske ihrer Großmutter ihrer harrte.

Kaum hatte Mureiya den kalten Stahl der Maske mit ihrer Hand berührt, ergriff auch schon Fulviras Wahnsinn Besitz von ihr.

Zu spät bemerkte Kulgaro den Verrat seiner Tochter. Wohl versuchte er sie aufzuhalten, doch verlieh ihr die Maske Kräfte, denen er nicht gewachsen war.

Von Hass und Wahnsinn getrieben peinigte Mureiya im Ersten Culmorier-Feldzug viele Jahrzehnte lang die Welt. Sie beging zahlreiche Gräueltaten, während Fulviras Maske mehr und mehr Teil ihrer Selbst wurde, bis sie diese gar nicht mehr abnahm.

Schließlich stach Mureiya in ihrem Übermut mit einer gewaltigen Flotte in See, um das gesegnete Inselreich ihrer Ahnen zu erobern, auf das kein Krieger je einen Fuß gesetzt hatte. Das Unternehmen misslang und Mureiya versank mitsamt ihrer Flotte in den Tiefen des Meeres. Dort endete auch die Geschichte von Fulviras Maske.

Eines Tages mag sie jedoch an ein Gestade dieser Welt gespült werden, um erneut ihren unheilvollen Einfluss auf den Geist eines willigen Menschen auszuüben.

Der Zorn der Jagdgöttin

Seit vielen Jahrhunderten kämpfte Cilélore, die Göttin der Jagd, in den Wäldern Theladiens gegen die Ausgeburten der Finsternis, die aus dem Höllengebirge im Norden herabstiegen, um die Menschen und Tiere jenes Landes heimzusuchen.

Misael - einst ihr mächtigster Freund und Verbündeter - war dem Bösen anheimgefallen und als Herr der Schattenjagd zu ihrem mächtigsten Widersacher geworden.

Oftmals stürzte er die Menschen, die in den verstreuten Dörfern lebten, ins Verderben, indem er ihnen Macht und Reichtum versprach. So wandten sich auch viele von Cilélore ab, die sie zuvor als Beschützerin verehrt hatten.

Nun kam es, dass die Göttin eines Tages mit ihrem Gefolge einen Kiefernhain an den südlichen Ausläufern des Höllengebirges durchstreifte. Dort stellte sie einem mächtigen, von bösen Geistern besessenen Wolf nach, der das Umland seit Wochen in Angst und Schrecken versetzte.

Als sie ihre Beute endlich aufgespürt hatte, lockte Misael sie in eine Falle. Während ihr Gefolge einem Schatten in eine entlegene Schlucht nachjagte, fand Cilélore sich plötzlich allein dem ungeheuren Wolf gegenüber, der größer war als selbst die größten Bären, die die Wälder durchstreiften.

Von einer dunklen Macht erfüllt stürzte sich das Geschöpf auf die Jägerin. Wiewohl sie von göttlichem Blute war, war dies ein Gegner, dem sie nur mit Mühe beizukommen vermochte. So erlitt die körperliche Gestalt, die sie trug, zahlreiche Wunden, ehe sie den Wolf mit vielen Pfeilen niederstrecken konnte.

Geschwächt vom Kampf hielt Cilélore Ausschau nach ihrem Gefolge. Dabei gelangte sie in ein nahes Dorf, das von Holzfällern und Fallenstellern bewohnt war. Da der Tag bereits der Nacht gewichen war, entschloss sich die Göttin, die Gastfreundschaft der Menschen zu erbitten, sich unter einem von deren Dächern auszuruhen und die Suche nach ihrem Gefolge am nächsten Morgen fortzusetzen.

So klopfte sie nun also an die Tür eines Hauses und bat um Unterschlupf und ein Mahl, denn sie war so geschwächt, dass sie selbst die Nahrung der Menschen aufzunehmen bereit war. Der Herr des Hauses wies sie ab. Wohl ahnte er, dass diese Frau keine gewöhnliche Landstreicherin war, doch war er, wie die anderen Dorfbewohner bis ins Innerste verdorben.

Cilélore ging von Tür zu Tür, doch wohin sie auch kam, wurde sie mit wüsten Beschimpfungen fortgescheucht. Mehr und mehr wuchs die Wut der Göttin, als sie schließlich an das letzte Haus am Rand des Dorfes gelangte.

Nicht mehr als eine armselige Hütte war dieses im Vergleich zu den anderen und eine alte, vom Leben gezeichnete Frau namens Felera lebte darin. Schon vor langer Zeit hatte sie ihren Gatten und ihre Kinder an die Geschöpfe des Höllengebirges verloren und doch hatte sie sich als einzige in diesem Dorf nicht vom rechten Weg abgewandt.

So nahm Felera die Göttin der Jagd bei sich auf, gab ihr zu essen und zu trinken, obwohl sie selbst nicht viel hatte. Auch um die Wunden der Göttin kümmerte sie sich und schließlich überließ sie dieser sogar ihr Bett für die Nacht.

Als Cilélore ihre Gastgeberin am nächsten Morgen verließ, war die Kraft der Göttin beinahe vollständig wiederhergestellt.

»Zum Dank dafür, dass du mich aufnahmst, als meine Not am größten war, gewähre ich dir meinen Schutz«, sagte sie zum Abschied. »Wann immer du in Nöten sein magst, werde ich dir beistehen, wenn du mich nur bei meinem Namen Cilélore rufst.«

Erst da begriff die Alte, wen sie des Nachts bewirtet hatte, und sie erschauderte.

Nun begab es sich, dass Misael, der Widersacher der Jagdgöttin, wenige Tage später in das Dorf kam. Dort erfuhr er, dass jemand seine Feindin aufgenommen und gepflegt hatte. Groß war da sein Zorn, so groß, dass er die Dorfbewohner gegen Felera aufhetzte.

Aller Vernunft entwachsen zogen diese zum Haus der alten Frau. Dort versperrten sie Türen und Fenster und legten ein Feuer.

Groß war Feleras Unglauben, als sie erkannte, was geschah. Sie konnte nicht verstehen, warum ihre Mitmenschen sich gegen sie gewandt hatten. Mit brüchiger Stimme bat sie um Hilfe, doch die Dorfbewohner verhöhnten und verlachten sie.

In ihrer großen Not rief die alte Frau dann den Namen Cilélores an. Und die Göttin der Jagd erhörte ihr Flehen. Längst hatte sie ihr Gefolge wiedergefunden und als sie sah, was man ihrer Wohltäterin antat, fuhr sie wie ein Wirbelwind zwischen die Dorfbewohner. Sie löschte das Feuer und befreite die alte Frau aus dem Haus.

Vom Wahnsinn ergriffen, schossen die Menschen brennende Pfeile und Wurfspieße nach der Göttin, doch entging sie den Angriffen. Mit der alten Frau in den Armen eilte sie einen sanften Hügel hinauf, wo sie mit ihrem Gefolge lagerte. Nachdem sie ihre Wohltäterin in Sicherheit wusste, machte Cilélore kehrt.

Furchtbar war die Gestalt, in der sie vor den Menschen erschien. Nun endlich erkannten diese, dass sie sich mit einem Wesen angelegt hatten, das ihnen überlegen war. So heuchelten sie aus Furcht Demut und Einsicht für ihre Vergehen.

Cilélore jedoch durchschaute die Lügen. Der Zorn gab ihren Worten Kraft und sie sprach einen mächtigen Bann aus. Wo sie sich befanden, schlugen die Dorfbewohner Wurzeln. Ihre Schreie und Klagen verstummten, ihre Arme wurden zu Ästen, ihr Haar zu Nadeln, sie wuchsen in die Höhe und innerhalb weniger Augenblicke waren aus den Menschen Föhren geworden. Kein einziger der Frevler entging dem Fluch der Göttin.

Cilélore aber kehrte zu ihrem Gefolge zurück. Dort sprach sie zu der alten Felera und erklärte dieser, dass sie die Menschen aus dem Dorf nicht länger fürchten müsse. Zugleich riet die Göttin der alten Frau, nicht ins Dorf zurückzukehren.

Diese beherzigte den Ratschlag. Sie blieb auf dem Hügel, wo Cilélores Gefolge ein kleines Häuschen für sie errichtete. Aus Dankbarkeit stellte Felera einen Schrein auf, an dem sie Tag für Tag zur Göttin der Jagd betete.

Der Bote der Nacht

Im Lande der Mursogi herrschte seit langer Zeit Krieg. Ein Stamm bekämpfte den anderen, verbündete sich mit jenem, verriet den anderen. Viele Mursogi starben, Städte und Dörfer wurden geplündert und niedergebrannt. Feindseligkeit und Misstrauen beherrschten das Land schon so lange, dass beides bald als Gesetz galt.

Nichts anderes kannten die Mursogi mehr als den Krieg gegeneinander und sie sahen diesen als ihren einzigen Daseinszweck. Nur auf dem heiligen Berg Zurr Nataz trafen sie einander in Frieden, denn dort war es verboten, das Blut eines anderen zu vergießen. Dort huldigten sie Melyqnoz, dem Herrn der Finsternis, jenem Gott, dem sie vor langer Zeit gedient hatten, als sie noch einig gewesen waren.

Nun begab es sich, dass eine junge Mursogfrau aus dem Stamm der Xaryagnar aus ihrer Heimat in Nyrradoc aufbrach, um sich am Zurr Nataz zur Priesterin weihen zu lassen.

Mühsam war ihr Weg durch die Wüste und vielen Gefahren musste sie trotzen, bis sie schließlich den heiligen Berg erreicht hatte. Wie es Brauch war, stieg sie bei Neumond auf den höchsten Gipfel des Zurr Nataz hinauf. Dort legte sie ihre Kleidung ab und trat in das Kaltfeuer, das die anwesenden Hohepriester entzündet hatten.

Inmitten der kühlen Flammen fiel sie auf die Knie, um zu Melyqnoz zu beten. Dabei schaute sie auf die kahle Ebene hinab, die den heiligen Berg umgab. Unweigerlich wanderte ihr Blick gen Westen, wo in den Ausläufern der Berge der Furcht die uralte Festung Nuvornor thronte.

Da ereilte die junge Mursogfrau eine Offenbarung der Götter. »Von auswärts wird einer kommen vom Menschengeschlecht, doch von diesem abhold, der sich Melyqisch nennen wird, den Boten der Nacht. Einen wird er euch und euren Krieg gegen einen gemeinsamen Feind wenden. Erst dann wird Melyqnoz wiederkehren und unter euch wandeln, die ihr seine Herrschaft herbeistrebt.«

Ermattet sank die Mursogfrau zu Boden und das Kaltfeuer, das sie umgab, erlosch. Die Hohepriester aber, die Zeuge dieses Schauspieles geworden waren, wussten sogleich, dass dies nicht bloße Worte gewesen waren, sondern eine Weissagung.

Zutiefst bewegt trugen sie diese Verheißung einer besseren Zukunft in die Welt hinaus. Ja, manche Mursogi, die davon hörten, machten sich gar auf die Suche nach dem Boten der Nacht. Wann immer sich ein Mensch in die Ödlande nördlich des Höllengebirges verirrte, fragten sie ihn nach seinem Namen, in der Hoffnung, er würde sich Melyqisch nennen.

Doch ihre Suche blieb erfolglos. Schnell geriet die Weissagung von Zurr Nataz bei den meisten Mursogi in Vergessenheit. Die Kriege tobten in unveränderter Härte weiter, doch gab es jene, die insgeheim die Sehnsucht nach dem verheißenen Boten der Nacht nicht aufgaben.

Viele Jahrhunderte vergingen, da kam ein seltsamer Mensch freiwillig in die Lande der Mursogi. Grässlich entstellt war er von Angesicht, doch dies störte die Mursogi nicht. Ein Kundiger der Heiligen Künste war er, der vielerlei geschickte Reden schwang und von der Wiederkehr des Herrn der Finsternis sprach.

So kam es, dass viele Häuptlinge, Hauptmänner und Fürsten sich ihm anschlossen und ihn in Anlehnung an die Weissagung von Zurr Nataz Melyqisch nannten. In der Festungsstadt Yrnuloq versammelte dieser Melyqisch, der sich selbst Omrunas nannte, zahlreiche Stämme unter seinem Banner.

Doch gab es beinahe ebenso viele Stämme, die seine Ansprüche nicht anerkannten, und sich aus seinen Machenschaften heraushielten, ja sogar Krieg gegen ihn und seine Anhänger führten.

Melyqisch aber führte seine Truppen, wie es die Offenbarung vorhergesagt hatte, gegen einen gemeinsamen Feind - die Menschen, die südlich des Höllengebirges lebten. Im Land der Menschen schlug er viele Schlachten.

Mit jedem Sieg, den er errang, wuchs die Überzeugung seiner Anhänger, dass Melyqisch die Wiederkehr des Herrn der Finsternis einläuten und einen dauerhaften Frieden aller Stämme untereinander herbeiführen würde. Mit jeder Niederlage aber wurden die Stimmen seiner Zweifler lauter. Mancher hieß Melyqisch gar einen falschen Erlöser.

So kam es, dass die Stämme der Mursogi einander allen Weissagungen zum Trotz weiterhin bekriegten und der Friede ein unerreichbarer Traum blieb.

Die Blutrote Schlange

Lange Zeit schon herrschte in Theladien Uneinigkeit zwischen den Stammesfürsten, die über das wilde Land herrschten. Nicht wenige von ihnen gehörten seit jeher dem Blutschattenkult an und verehrten Zarthos als ihren Gott. Um ihre Macht und ihren Einfluss auszuweiten, schreckten sie weder vor Verrat noch vor Mord zurück.

Nun gewährte das Blut, das die Anhänger des Kultes vergossen, deren Priestern nicht selten Einblicke in das, was weit entfernt lag. Ja, manche glaubten sogar einen flüchtigen Blick auf die ferne Vergangenheit oder eine mögliche Zukunft erhascht zu haben.

Es begab sich, dass ein mächtiger Hohepriester das Blut eines feindlichen Stammesfürsten, der ihm durch Hinterhalt in die Hände gefallen war, nach einem Weg befragte, die Anhänger Zarthos' unter seiner Herrschaft zu einen. Zwar liebte er es wie die anderen, das Blut seiner Feinde zu vergießen, doch erschien ihm das seiner Mitgläubigen allzu wertvoll, um es in sinnlosem Streit zu verschwenden.

Tatsächlich wurde dem machthungrigen Priester an diesem Abend ein Vorzeichen zuteil. Während er nämlich das Blut seines Opfers auf dem Altar verteilte, wand sich eine Schlange aus der Dunkelheit. Groß und bedrohlich wirkte sie mit ihren schwarzen Schuppen, die im Licht der Kerzen blutrot glänzten. Am Fuß des Altares ließ sie sich nieder, um mit ihrer gespaltenen Zunge das vergossene Blut aufzulecken.

Der Priester aber schlug mit seinem Stab nach dem Tier, um es zu verscheuchen, sah er doch sein Opfer durch dessen Anwesenheit gestört.

Zischend bäumte sich die Schlange da auf und biss den Hohepriester. Innerhalb eines Lidschlages durchfloss ein starkes Gift dessen Adern und der Priester sank zu Boden. Die Schlange aber blieb bei ihm und betrachtete ihn mit ihren gelben Augen.

»Ein Narr bist du, der du mich schlägst, die ich kam, um dir den gewünschten Segen zu bringen«, schien sie mit leiser Stimme zu zischen. »Doch sei unbesorgt: Ich werde wiederkehren und wenn ich wiederkehre, werde ich diejenige mit einem Kuss bezeichnen, die im Stande sein wird, all die Anhänger des Herrn der Qualen unter einem Banner zu vereinen. Einzig vor dem goldenen Falken muss sie sich hüten, der ihr alles, nur nicht ihr Leben, zu nehmen vermag.«

Damit entschwand die Schlange in das Dunkel. Der Hohepriester aber spürte, wie der Lebenshauch ihn verließ, denn das Gift in seinen Adern war tödlich. So rief er seine Diener herbei. Wenig konnten diese tun, um seinen Schmerz zu lindern oder seinen Tod hinauszuzögern. Als der Priester erkannte, dass es für ihn keine Rettung mehr gab, vertraute er seinen Dienern die Worte der Schlange an, ehe er elendiglich zugrunde ging.

Nun gab es nicht wenige, die die Worte des Hohepriesters als das fiebrige Gestammel eines sterbenden Mannes abtaten. Andere jedoch – allem voran ein Großteil der Priester des Blutschattenkultes – schenkten seiner Geschichte Glauben. Lange Zeit hielten sie Ausschau nach der blutroten Schlange, in der Hoffnung, ihre Weissagung würde sich erfüllen.

Sechsunddreißig Jahre vergingen und schließlich maß kaum noch jemand der Weissagung der Blutroten Schlange Bedeutung bei. Die Zwistigkeiten der Stammesfürsten nahmen kein Ende und sogar die Priester des Zarthos töteten einander in blinder Gier nach Reichtum und Macht.

Zu dieser Zeit lebte im Norden Theladiens eine einflussreiche Stammesfürstin mit ihrem Gemahl. Nun begab es sich, dass sie schwanger wurde und ein Kind erwartete. Der Herbst war weit fortgeschritten und schon war der erste Schnee gefallen, als sie niederkam.

Wie es bei den Angehörigen des Blutschattenkultes Brauch war, trug der Vater das Kind im Beisein eines großen Gefolges in den Wald hinaus. Dort brachte er unter einem Zährenholzbaum ein Blutopfer dar und schrieb mit seinem eigenen Blut den Namen »Varuvil« auf die Stirn seiner neugeborenen Tochter.

Da wand sich eine große, schwarze Schlange aus dem Unterholz auf das Kind zu, das auf den Wurzeln des Baumes lag. Schon erhob der Vater das Schwert, um das gefährliche Tier zu töten, als ihn einer der Diener zurückhielt und ihm von der Weissagung der Blutroten Schlange erzählte.

So ließ der Mann das Geschöpf gewähren, das sich um seine Tochter schlängelte und das Blut von deren Stirn leckte. Beinahe schien es, als würde die Schlange das kleine Mädchen küssen.

Als hätte es die Anwesenheit der anderen Menschen erst jetzt gewahrt, bäumte sich das Tier danach auf und blickte die Umstehenden mit seinen gelben Augen an.

Manch einer erwartete da, dass die Schlange die Stimme zu einer weiteren Weissagung erheben würde, doch packte das neugeborene Kind das Tier mit festem Griff und schlug es an einem Stein tot.

Groß waren da der Schrecken und die Verunsicherung der Menschen, als sich das Blut und Gift der Schlange mit jenem vermischte, das der Vater seiner Tochter gegeben hatte.

Und doch sahen nicht wenige darin die Erfüllung der Weissagung der Blutroten Schlange. Sie ehrten das Kind und huldigten ihm, brachten den Eltern Geschenke und trugen die Kunde von dem seltsamen Ereignis weit in die Wälder hinaus.

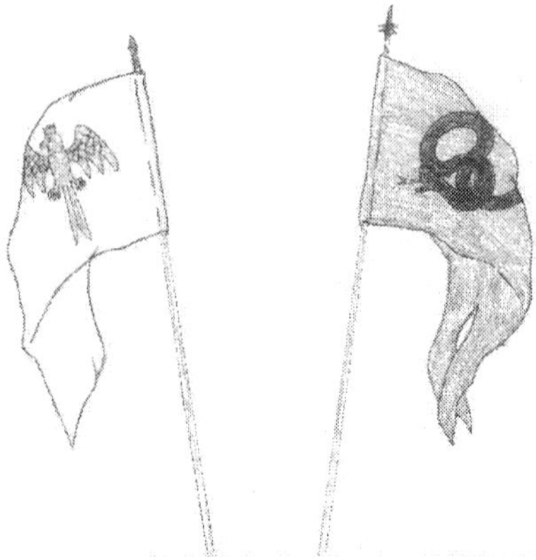

Schlange und Falke

Es begab sich, dass in Theladien ein Mädchen mit dem Namen Varuvil geboren wurde. Nicht wenige sahen in dem Vorzeichen, das die Geburt begleitet hatte, die Erfüllung einer Weissagung. So sagte man dem Kind nach, es würde dereinst die zerstrittenen Anhänger des Blutschattenkultes unter seiner Herrschaft vereinen.

Dies führte dazu, dass Varuvil bereits als Kind von vielen Seiten große Verehrung zukam, während andere sie verachteten, ja sogar fürchteten, was aus ihr werden mochte.

Von ihren Eltern wurde Varuvil früh mit den Gebräuchen des Blutschattenkultes vertraut gemacht. Schon als Kind fand sie großen Gefallen daran, war sie doch von grausamem Gemüt. Sie liebte es, andere zu foltern und zu quälen - Menschen ebenso wie Tiere. Mehr als alles andere hatte sie es auf Falken abgesehen, war ihr doch weisgesagt worden, ein goldener Falke vermöchte ihr alles zu nehmen.

Als Mädchen von sechzehn Jahren wurde Varuvil zur Priesterin geweiht und ging als solche in Theladien um, um die Lehren Zarthos' zu verbreiten. Auf diese Weise hatte sie bald eine große Gefolgschaft um sich versammelt, die ihr treu ergeben war. Die Blutrote Schlange nannten sie ihre Anhänger.

Nun begab es sich, dass einer der Stammesfürsten von Theladien im immerwährenden Krieg mit seinem Widersacher die Hilfe der erbarischen Königin Renipha erbeten hatte. Renipha kam diesem Ansuchen mit Freuden nach. Mit einem großen Heer setzte sie über den Fluss Amnua und brachte ihrem Verbündeten einige schnelle Siege.

Im Zuge dieser Auseinandersetzungen starben Varuvils Eltern, woraufhin diese der Königin bittere Rache schwor. Groß war der Einfluss der Blutroten Schlange beim Blutschattenkult, doch hielt der gegenwärtige Hohepriester sie zurück. Weder glaubte er an die Weissagung, die Varuvil umgab, noch an einen Sieg gegen die Truppen Erbariors. Sein Widerwille machte Varuvil rasend.

So stellte sie den Truppen der feindlichen Königin auf eigene Faust einen Hinterhalt. Im Zuge dessen gelang es ihr Danalth, den Gatten der Königin, vor den Augen seiner Verbündeten zu töten. Seinen Leichnam aber brachte sie nach Kuldar, wo sie ihn vor der versammelten Priesterschaft des Blutschattenkultes zur Schau stellte. Auf diese Weise zeigte sie allen die Verwundbarkeit der erbarischen Truppen auf.

Dennoch versuchte der Hohepriester, Varuvil weiterhin zurückzuhalten. Nicht länger aber waren ihm die Anhänger des Kultes gewogen. Sie wandten sich gegen ihn, ergriffen ihn und töteten ihn im Namen Zarthos'. Zugleich weihten sie Varuvil zur neuen Hohepriesterin.

Diese versammelte daraufhin nicht nur ihre eigenen Anhänger unter sich, sondern auch die verbliebenen Stammesfürsten von Theladien, die noch nicht treu hinter Erbarior standen. Niemand widersetzte sich ihr, als sie zum Widerstand aufrief.

Varuvil selbst erklärte der Königin den Krieg, indem sie Renipha den entstellten Leichnam ihres Gatten vor die Füße warf. So wurde bald ganz Theladien zum Schlachtfeld. Dieser Krieg wurde jedoch nur selten offen ausgetragen, denn die Blutrote Schlange wusste sehr wohl, dass sie ihren Feind im Felde nicht besiegen konnte.

Stattdessen zog sie sich in die entlegensten Winkel der Wälder zurück, um von dort aus Angst und Schrecken zu verbreiten. Ihre Diener unterwanderten die feindlichen Truppen, erdolchten Hauptleute im Schlaf und legten Hinterhalte, denen Hunderte Erbaren zum Opfer fielen.

Wohl bemerkte Renipha, dass ihr die Macht über Theladien mehr und mehr entglitt. Erst durch ein Bündnis mit Rurariel, dem König von Guilar, gelang es ihr, das Blatt zu wenden.

Mit Rurariels Hilfe räucherte Renipha die Verstecke ihrer Feinde aus und trieb diese immer weiter in die Wildnis zurück. Varuvil selbst zog sich in eine Festung in den Bergen zurück, von wo aus sie ihr unheilvolles Treiben fortsetzte. Doch auch dort wurde sie schließlich von ihrer Widersacherin aufgespürt.

Damit fand der Aufstieg der Blutroten Schlange ein Ende. Tapfer leistete sie von ihrer Festung aus Widerstand. Zahlreiche Blutopfer brachte sie ihrem schrecklichen Gott dar, um dessen Hilfe zu erlangen. Doch hatte Zarthos sie im Stich gelassen.

Ein Jahr lang harrte Varuvil aus, während ihre Vorräte langsam, aber sicher zur Neige gingen und mehr und mehr ihrer Anhänger sich von ihr abwandten, um sich dem Feind zu ergeben. Als dann auch ihre treuesten Begleiter sie verlassen hatten, sah die Blutrote Schlange nur mehr einen Ausweg.

Erhobenen Hauptes trat sie aus dem Tor ihrer Festung und rief die feindliche Heerführerin zum Zweikampf auf. Und Renipha leistete der Herausforderung entgegen den Ratschlägen ihrer Berater Folge, sah sie darin doch die Gelegenheit, den schon viel zu lange andauernden Krieg mit einem einzigen Streich zu beenden.

So kam es also in der Morgendämmerung des ersten Frühlingstages zum Zweikampf zwischen der Blutroten Schlange von Theladien und dem Goldenen Falken von Erbarior. Wiewohl Varuvil gerissen und hinterhältig kämpfte, gewann Renipha doch schnell die Oberhand. Viele Schlachten hatte sie ausgefochten, nicht selten selbst das Schwert geschwungen, während ihre Gegnerin sich stets auf die Kraft anderer verlassen hatte.

Endlich gelang es Renipha Varuvil niederzuringen. Das Schwert zum Todesstoß erhoben, zögerte sie dann jedoch. Sehr viel mehr mochte ihr die besiegte Feindin lebendig nützen.

So erfüllte sich nun auch der zweite Teil der Weissagung der Blutroten Schlange und die ganze Macht Varuvils fiel in sich zusammen, nachdem sie dem Goldenen Falken in der Gestalt Reniphas unterlegen war.

Printed in Poland
by Amazon Fulfillment
Poland Sp. z o.o., Wrocław

11272774R00083